# MARIA TEREZA MALDONADO

Ilustrações
## CLÁUDIO TUCCI

5ª edição
12ª tiragem
2014
Conforme a nova ortografia

Copyright © Maria Tereza Maldonado, 1998

Editora: CLAUDIA ABELING-SZABO
Assistente editorial: NAIR HITOMI KAYO
Suplemento de trabalho: DILETA A. DELMANTO F. DE MATOS
Coordenação de revisão: PEDRO CUNHA JR. E LILIAN SEMENICHIN
Gerência de arte: NAIR DE MEDEIROS BARBOSA
Diagramação: MARCOS ZOLEZI
Produtor gráfico: ROGÉRIO STRELCIUC
Impressão e acabamento: VOX GRÁFICA

---

**Dados Internacionais de Catalogação na Publicação (CIP)**
**(Câmara Brasileira do Livro, SP, Brasil)**

Maldonado, Maria Tereza
 Viver melhor / Maria Tereza Maldonado ; ilustrações Cláudio Tucci. — São Paulo : Saraiva, 1998. — (Jabuti)

 ISBN 978-85-02-02560-8
 ISBN 978-85-02-02561-5 (professor)

 1. Literatura infantojuvenil I. Tucci, Cláudio. II. Título. III. Série.

98-0037                                              CDD-028.5

Índices para catálogo sistemático:

1. Literatura infantojuvenil  028.5
2. Literatura juvenil  028.5

---

**Editora Saraiva**

Rua Henrique Schaumann, 270
CEP 05413-010 – Pinheiros – São Paulo-SP

SAC | 0800-0117875
De 2ª a 6ª, das 8h30 às 19h30
www.editorasaraiva.com.br/contato

Todos os direitos reservados à Editora Saraiva

202046.005.012

Para Mariana e Cristiano,
meus filhos,
que tanto me ensinam
com a sabedoria da juventude

O avô de Cláudio é chinês. Chegou ao Brasil com seus pais quando ainda era pequeno e logo começou a trabalhar na lavoura. Dureza, trabalhar desde cedo, nem deu para estudar muito, mal aprendeu a ler e a escrever, mas sabe muito. Diz que estudou nos livros da natureza e que o sol, a terra, o vento e os pássaros foram seus melhores professores.

Cláudio adora conversar com o avô, pois ele é muito paciente e conta as histórias do seu tempo de menino. Teve uma vida sacrificada, casa pequena, pouco dinheiro, mas nunca reclama da vida e nem inveja os outros. Aprendeu a aproveitar o máximo do mínimo que tinha. Por isso, fica chocado quando vê crianças com o quarto entulhado de brinquedos, dizendo que são infelizes e que não têm tudo o que querem.

Sempre que lê notícias sobre a China, o avô de Cláudio recorta e guarda para mostrar ao neto:

— Imagine, Cláudio, um país com mais de um bilhão de habitantes! E se pensarmos que em cada cinco crianças que nascem no mundo uma é chinesa?

— Nossa, vô, eu nunca tinha pensado nisso! Aqui, a gente nem vê tanta gente de olho puxadinho...

— Mas lá é o contrário. Quando aparece alguém sem olho puxadinho o pessoal fica olhando com a maior curiosidade. Tem gente demais na China. Não é à toa que o governo não quer que os pais tenham mais de um filho.

— Ah, é? Como é que pode proibir as pessoas de terem filhos?

— Com um controle rigoroso sobre a natalidade. Quem

tem mais de um filho paga multa e perde muitos benefícios. Mas sabe o que fico pensando? Como crescerão essas crianças sem irmãos, sem primos, sem tios?

As conversas sobre a China são sempre animadas. O avô de Cláudio conta muitas coisas que o deixam curioso. Ele ainda se lembra dos campos de arroz, dos camponeses com chapéu bicudo e cestos pendurados nos ombros, trabalhando duro, sem tratores para ajudar.

Foi com seu avô chinês que Cláudio aprendeu a meditar. Os irmãos o chamam de "zen" e não o entendem quando tenta explicar que a meditação lhe dá alegria, calma e até o ajuda a se concentrar nos estudos. Só não resolve o problema da timidez. Os irmãos acham graça quando Cláudio fica sentado com as pernas cruzadas, a coluna reta, respiração suave, olhos fechados, com cara de quem está longe, muito longe. Fica chateado quando os irmãos dizem que não é normal gente dessa idade meditar, que isso é coisa de velho oriental. Ainda por cima ironizam, dizendo que ele herdou do avô a tal "paciência de chinês".

Cláudio acha mesmo que é preciso ter muita paciência para morar num apartamento pequeno, tendo de dividir o quarto com os dois irmãos, tão diferentes dele. Às vezes, sente-se um ser de outro planeta, principalmente quando consegue manter a calma ao ver todo mundo nervosinho, em meio a brigas e implicâncias. Bem que ele tenta melhorar o clima da casa, mas nem sempre consegue, as queixas e as reclamações são muitas, principalmente da mãe:

— Ih, mãe, você está tão agitada, hoje...

— Não é para menos! Tenho mil coisas para fazer. Nem adianta ter empregada; nunca faz o serviço do jeito que a gente quer.

— Com essa mania de limpeza e arrumação vai ser difícil você ficar satisfeita, mãe...

— Que mania de limpeza, menino! O problema aqui em casa é que ninguém colabora.

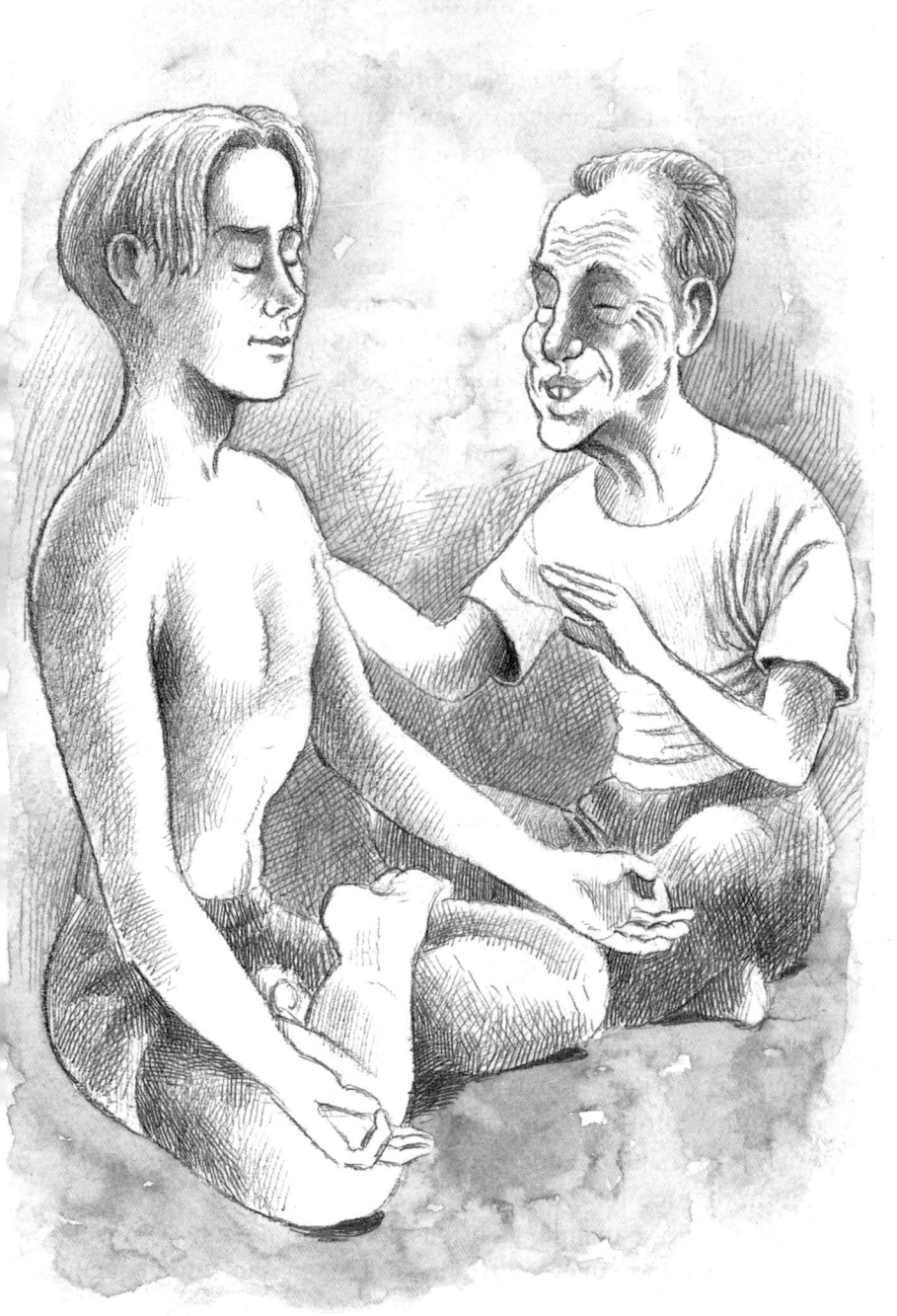

— Pô, mãe, de mim você não pode se queixar... — defendeu-se Cláudio.
— É, você é o mais organizado. Pelo menos, tapeia direitinho. Lava os copos só com água, parece que tem preguiça de usar o detergente, coloca a colcha na cama sem esticar o lençol...
— Melhor que meus irmãos. E mil vezes melhor do que o papai — Cláudio tratou de se defender, apesar de ter paciência para escutar os desabafos da mãe.
— Os homens desta casa pensam que cozinhar, limpar e arrumar é trabalho de mulher. Essa bagunça de vocês me desespera. Um monte de copos sujos espalhados pela casa, pratos com restos de comida, toalhas molhadas no chão, isso sem falar nas roupas sujas misturadas com as limpas.
— E aí você sai gritando pela casa o dia inteiro, toda nervosinha. É disso que o papai reclama...
O clima da casa fica insuportável com a mãe gritando e os dois irmãos discutindo. Cláudio dificilmente puxa briga — só com muita provocação que perde a calma e deixa de ser "zen". Mas quando explode, parece um vulcão: o rosto vermelho, as veias do pescoço saltadas, a vontade de pular em cima do infeliz que provocou aquela raiva toda. Mesmo assim, parece que a timidez também não deixa a raiva se soltar direito. Cláudio não consegue entender porque os irmãos brigam tanto. Parece que um espalha o combustível, o outro acende o fósforo e é aquele fogaréu! Acha engraçado ver os dois marmanjões, mais altos do que a mãe, com perna cabeluda e barba na cara, se atracando como dois guris brincando de brigar. Incrível ver os dois sentados no sofá disputando território: Fernando encosta o joelho no Renato, que responde com uma cotovelada de chega pra lá. Pronto. Daí vem palavrão, tapa, grito até aparecer a mãe para acalmar os ânimos. Aí um diz que foi o outro quem começou.
O pior é quando as brigas começam na hora da novela, com todo mundo querendo silêncio. Em apartamento pequeno,

os gritos ecoam por todos os lados, qualquer briguinha já cria clima de guerra. Cláudio fica muito chateado quando os irmãos, em plena discussão, começam a implicar com ele e acusá-lo de escapar das brigas, dando uma de "santinho" para não levar bronca da mãe.

Mas Cláudio não é nada santo. Quase todos os anos ele fica em recuperação nas matérias que não gosta de estudar. A mãe fala, fala, fala. Ele escuta, aparentando paciência, mas fecha os ouvidos. Às vezes, a mãe se desespera e o chama de "filho de Gandhi", o herói da resistência passiva. Seus irmãos batem a porta do quarto e mandam a mãe calar a boca porque não aguentam ouvir a mesma coisa todo dia. Cláudio escuta, mas faz o que quer.

— Não entendo essa de querer viver perigosamente, fazendo voo rasante, arriscando repetir o ano — argumenta a mãe.

— Mas, mãe, é tão chato estudar História, Geografia e Biologia — Cláudio se justifica.

— Mãe, mãe, mãe. Não aguento mais ouvir esse nome aqui em casa. Até seu pai pegou essa mania de me chamar de mãe. Aliás ele só se preocupa quando vocês tiram nota baixa, aí vem aquela ladainha "você precisa estudar para ser alguém na vida". Mas, na hora das brigas, eu é que tenho de me meter para apagar o incêndio. Só mesmo quando é a hora do noticiário de TV: aí ele berra e impõe silêncio.

— Calma, mãe...

— Calma, nada. Eu vou é procurar um emprego; mulher dona de casa acaba nervosa e explorada. Queria ver todos vocês se virando para esquentar a comida e passar roupa.

O pai nem se abala.

— Você diz isso só da boca para fora: no fundo, você gosta de ficar em casa cuidando da família. Acho até que tem medo de enfrentar o desafio de começar alguma coisa nova. Amanhã esse nervoso passa.

— Não acredito no que estou ouvindo! Gostar de ficar em casa? Você está pensando que...

Cláudio, muito sabiamente e antes que a situação ficasse pior, se adianta:

— Calma, mãe. Você sabe como o papai pensa. E ele só falou para provocar. Por que você não faz um pouco de medi-tação, mãe? O vovô disse que te ensina. Você se sentiria tão melhor...

— Eu sei, filho. Mas e tempo? Prometo que vou pedir para o seu avô me ensinar. Quem sabe um dia desses, quando eu estiver menos ocupada.

Mesmo sabendo que não vai adiantar, insiste:

— Mãe, se você criasse o hábito de meditar, ficaria menos nervosa. Até com o papai. Quem sabe vocês brigariam menos...

— Só adiantaria se seu pai também meditasse. Mas ele não quer nem ouvir falar nisso. Seu avô cansou de insistir.

Cláudio já se cansou de sugerir à mãe que fizesse meditação. Ela promete que vai pedir ao sogro para ensinar, mas sempre deixa para depois.

— Coitado do vovô, ficou frustrado — comentou Cláudio.

— Só que eu gostei da ideia de meditar. Quero ser como ele, sempre de bem com a vida, apesar das dificuldades.

— Muito bem, Cláudio, agora chega de papo. São oito da noite, não dá mais para enrolar. Você tem de estudar para a prova e fazer os deveres.

— Já vou, mãe. Prometo que daqui a pouquinho eu estudo. Só vou dar uma ligadinha para a Tininha e a Mara e pronto.

— Não sei onde você arranja tanto assunto para falar com essas amigas, menino. Depois vem aquela conta... E não fique enrolando muito tempo no telefone. Você tem de estudar.

Mais tarde o sono chega e às seis da manhã o despertador toca.

"E aí vai ser mais um dia de escola, ai que preguiça. Ainda mais com essa chuvinha. Bom mesmo seria passar a manhã embaixo das cobertas", pensou Cláudio.

# 2

Não foi só Cláudio que ficou com preguiça de sair debaixo das cobertas. Tininha também acordou com vontade de jogar o despertador pela janela. "Não tem jeito", pensou, bocejando e se espreguiçando. "Não dá nem para chegar atrasada, a prova é na primeira aula." Ligou para o pai bem cedinho, antes que ele saísse para o trabalho, para combinar de jantar com ele.

— Pai? Oi, sou eu. Tudo bem?
— Oi, Tininha. O que foi? Aconteceu alguma coisa?
— Não, pai, está tudo bem. E aí, vamos jantar na quarta?
— Quarta? Então..., pois é. Justo na quarta eu não posso. Tenho uma reunião. Deixe-me ver... Quinta..., quinta também não vai dar. Sexta... Tininha, eu vou checar a minha agenda e depois eu ligo, tá? De resto, tudo bem?

"Mais uma vez ele não pode. Reunião de trabalho, de novo. Está me cheirando a desculpa para não me ver, porque a mulherzinha dele morre de ciúmes quando ele sai comigo e ela fica sozinha em casa", pensou, com tristeza e raiva. Quase três semanas sem vê-lo. Não teve coragem de acordar a mãe para se queixar do pai. Enquanto esquentava o leite, ligou para Cláudio e Mara, para contar a primeira novidade da manhã antes de se encontrarem na portaria para irem juntos para a escola.

Tininha é uma das melhores amigas do Cláudio. Mudou-se há quatro anos para o prédio e acabaram ficando na mesma turma da escola. Antes, Tininha morava em uma casa com quintal grande, onde havia uma imensa mangueira. Na época de manga, era uma festa. A garotada da rua adorava ir para lá, com pedaços grandes de bambu, para cutucar os galhos e fazer as mangas caírem. Era divertido apostar quem conseguiria agarrar o maior número de mangas sem deixá-las cair no chão. Mas só Tininha conhecia o grande segredo da mangueira. Sonhadora desde pequena, adorava sentar encostada no tronco para olhar as nuvens do dia e as estrelas da noite. Um dia descobriu que, fechando os olhos e prestando atenção na respiração, conseguia varrer os pensamentos do dia a dia. Cabeça limpa, viajava para dentro de si mesma, encontrava um monte de ideias interessantes e ficava com uma agradável sensação de paz.

Cláudio ficou encantado quando Tininha lhe contou o "segredo da mangueira", num dia em que estavam conversando no pátio na hora do recreio:

— Tininha, o que você faz é igualzinho à meditação que o vovô me ensinou! Que bom encontrar alguém da minha idade que não acha esquisito viajar para dentro de si mesmo.

— Aquela mangueira sempre foi o meu lugar de paz, Cláudio. Lá em casa, a confusão era grande. Meus pais brigavam sem parar e eu ficava sem saber o que fazer. Às vezes, me metia, dando uma de pomba da paz ou, então, ia para o quarto e ficava encolhida na cama até os gritos pararem. Depois abraçava mamãe, que ficava chorando. Uma droga não ter irmãos numa hora dessas para dividir o problema.

Os pais de Tininha acabaram se separando, a casa foi vendida, ela e a mãe se mudaram para o prédio em que Cláudio mora e aí nasceu a amizade entre eles. Mas Tininha ainda sente falta da grande mangueira, dos amigos da rua e dos três na mesma casa, nos momentos em que não havia brigas nem gritos. Mas a grande mangueira ainda continua sendo o refúgio secreto de Tininha, para onde ela "viaja nas ideias" quando se sente aflita e precisa de paz. Ela e Cláudio conversam muito sobre isso:

— No ano passado, quando a vovó morreu, senti uma tristeza tão grande... A gente era muito ligada, ela me faz uma falta danada. Era com ela que eu me desabafava quando não aguentava mais ver papai e mamãe brigando. Foi depois que ela morreu que eu comecei a imaginar a mangueira com mais força, para manter aquele lugar de paz dentro de mim.

— Legal isso, Tininha. Você criou a mangueira na sua imaginação...

— E também fico me lembrando dos bons momentos com a vovó. Nessas horas, parece até que ela ainda está viva.

— Você ainda fica muito triste?

— Às vezes. Mas as "minhas viagens" também aliviam a tristeza, além de me ajudarem a observar melhor as pessoas e as coisas da natureza.

— Meu avô também aprendeu quase tudo que sabe nos "livros da natureza", como ele diz.

— Pois é, Cláudio. Por falar em livro, se lembra daquele de capa azul que eu te mostrei? Lá está escrito que até mesmo as crianças têm capacidade para melhorar muitas coisas que acontecem no relacionamento com os outros, desde que tentem resolver os problemas fazendo acordos em vez de brigar o tempo todo. É difícil acreditar que crianças podem ajudar. Os adultos vivem se enrolando com os seus problemas...

— Eu acho que o livro quis dizer que quando a gente pensa a respeito do problema, tentando entender o que acontece, como as suas "viagens na mangueira", acaba conseguindo "melhorar", entende? É o ideal, mas eu sei que na prática isso é difícil. Eu vejo o que acontece lá em casa: é tanta briga... — disse Cláudio, pensativo.

— Sei, entendi o que você quis dizer. Mas, pelo menos, seus pais se gostam, Cláudio. Os meus acabaram se separando...

— Deve ser uma barra ver os pais se separando. Eu não gostaria que papai saísse de casa.

— É difícil, sim, principalmente no período das grandes raivas. Foi muito ruim ouvir mamãe xingando papai dos piores nomes e ele ameaçando parar de trabalhar para não ter de dar pensão. Quanta baixaria, Cláudio...

— É, nessas horas nem os adultos se seguram...

— Só sei que eu ficava apavorada com aquelas brigas violentas. Morria de medo de que a gente ficasse sem dinheiro até para comer e que mamãe mandasse botar papai na cadeia, como ela ameaçava. Nem conseguia dormir direito e muito menos prestar atenção nas aulas. Quase repeti o ano.

As conversas entre Cláudio e Tininha mergulhavam nas complicações da vida. Iam perguntando, escutando e, às vezes, dando palpites que ajudavam a sair das confusões.

— E depois que seu pai se mudou, Tininha, o que você achou mais complicado?

— As brigas pelo telefone e mamãe chorando depois, desesperada e louca de raiva. Ainda bem que depois as coisas se acalmaram. Hoje em dia, eles quase nunca se falam. A outra coisa que sempre achei um horror é ter "pai de hora marcada", de quinze em quinze dias. Mas, quando ele se casou de novo, ficou pior ainda: a distância aumentou, os assuntos diminuíram.

— Aí o maior problema foi manter contato com seu pai — resumiu Cláudio.

— Foi, não. É, até hoje.

Mara saiu da prova arrasada, achando que tinha errado mais da metade das questões. Português era a pior matéria para ela; interpretação de textos, em especial. Por mais que lesse com atenção, tinha dificuldade para entender o sentido das histórias e as características dos personagens. Porém, mais difícil do que compreender os textos é compreender a mãe. Depois que os pais se separaram, Mara ficou com a mãe e o irmão no apartamento em que mora desde que nasceu, um andar acima do de Tininha e dois abaixo do de Cláudio.

Na hora do intervalo, Tininha ainda estava chateada com a recusa do pai de levá-la para jantar. Esse afastamento do pai já tinha sido assunto de várias conversas entre Tininha e Mara, que havia enfrentado a mesma situação até perceber que ela mesma poderia se esforçar para arranjar assuntos interessantes para falar com o pai.

— Um dia, eu estava me sentindo muito infeliz quando, de repente, acendeu uma luz dentro da minha cabeça — disse Mara, numa conversa com Tininha, tempos atrás. — Pensei: se vivo pendurada no telefone falando horas e horas com meus amigos, por que fico muda quando saio com meu pai?

Tininha sempre se lembra disso quando vai falar com o pai. Mas aí escuta um "não, não posso" e fica tão magoada que todos os assuntos interessantes somem de sua cabeça. Diz um "então, tá" e desliga, chateada.

Mara também estava chateada, e não só com a prova de Português. O clima entre ela e a mãe anda tenso. Com o pai, conseguiu fazer um bom contato, mas com a mãe, por melhores que sejam suas intenções, o convívio é difícil. Às vezes, é até bom quando as duas saem para ir ao cinema, passear, ver exposições. Nessas horas, conseguem trocar ideias e ter conversas agradáveis. Mas quando a mãe tenta corrigir a filha, criticando-a na frente das amigas ou comparando-a com as que acha exemplares, Mara fica magoada e enraivecida.

— Não vejo mamãe fazendo isso com o Bernardo, só comigo. Ela só abre a boca para criticar, nem me elogia. O Bê deixa o quarto todo desarrumado, eu não. Por que ela não o critica na frente dos amigos e não diz que eu sou um exemplo de organização? Só sabe reclamar que as filhas das amigas são carinhosas com as mães, saem de mãos dadas pela rua. Eu sinto vergonha de andar segurando a mão da mamãe feito uma garotinha! Já estou mais alta do que ela, não pega bem!

— Você já disse para ela que não sai de mãos dadas por vergonha e não por falta de carinho? — perguntou Tininha.

— Assim, direitinho, com essas palavras, não. Eu digo que não tem nada a ver sair de mãos dadas, que estou me lixando para as filhinhas das amigas dela. Pô, será que ela não percebe?

— Talvez não — disse Cláudio.

— Vocês acham mesmo que minha mãe não percebe que me envergonha e me magoa quando me critica na frente das amigas?

— Sei lá. Vai ver que ela está querendo que você melhore em algumas coisas.

— Que método, hein, Tininha? Aposto que ela detestaria que eu fizesse o mesmo.

A situação piorou quando, há uma semana, a mãe descobriu que Mara andava mentindo. Cansada de tantas proibições, resolveu "encurtar o caminho". Quando estava a fim de fazer alguma coisa que a mãe iria proibir, dizia que estava indo para a casa do Cláudio ou da Tininha. O problema foi que a mãe "deu uma incerta" e ligou para a casa da Tininha. A empregada atendeu e disse que Mara não tinha aparecido por lá.

— Já sei, o maior rolo. Quando as mães se sentem inseguras, ficam bravas — comentou Cláudio.

— Cara, sujou. Fiquei gelada só de ver a cara da mamãe assim que pisei em casa. Foi mau, ela não aceitou desculpas. Disse que quebrei a confiança que ela sempre teve em mim, que agora duvida que eu tenha juízo. E agora? Estou de castigo, sem poder sair nos fins de semana. Saco...

— O nosso maior azar é que as mães conhecem os filhos bem demais — disse Cláudio. — Até por um olhar ou um tom de voz um pouquinho diferente, começam a desconfiar. Quando resolvem conferir, a gente se dá mal.

— Como dá trabalho convencer as mães de que a gente já cresceu e pode fazer certos programas. Elas se contradizem o tempo todo. Quando querem cobrar responsabilidade, dizem: "você já está bem grandinha!"; mas quando chega a hora da diversão, dizem que a gente ainda não tem idade para isso. E agora, o que vou fazer trancada dentro de casa?

— Tenta conversar com ela outra vez, Mara. Você vai ter de recuperar a confiança perdida, não tem jeito — Tininha tentava ajudar.

— Aposto que ela não era nenhuma santinha quando tinha a minha idade. Nem agora. Droga, será que não entende que os jovens precisam ter liberdade? E logo no sábado que o pessoal combinou de ir à discoteca... Quero morrer se não puder ir!

No final do intervalo, depois do desabafo das chateações, combinaram um encontro na casa da Mara, no sábado à noite, já que ela estava de castigo.

— Ainda bem que receber os amigos em casa não faz parte do castigo — suspirou, aliviada.

— Vou chamar o resto da turma, pegar um filme e armar um programa legal! — arrematou Cláudio.

O sábado amanheceu lindo. "Que bom acordar tarde, sem despertador", pensou Bernardo, abrindo os olhos devagar, se espreguiçando e bocejando, pouco antes do meio-dia, sem a menor vontade de sair da cama. "Pena que é apenas um sábado e, ainda por cima, em período de provas. Se eu estivesse de férias seria perfeito; aliás, perfeição seria três meses de escola e nove de férias." Mais desperto, começou a planejar o fim de semana: estudaria um pouco, iria para o clube tomar banho de piscina e jogar conversa fora com os amigos.

O sossego durou pouco. Logo apareceu a mãe querendo botá-lo para fora da cama:

— Está na hora do almoço, Bernardo. Levante logo, a Mara está acordada desde as sete da manhã me ajudando na casa.

— E daí que vocês gostam de acordar cedo? O que eu mais gosto de fazer quando não tem escola é acordar na hora do almoço e ficar de bobeira.

— Os fins de semana e as férias também foram feitos para ler bons livros, ir ao cinema, frequentar atividades culturais. Por falar nisso, combinei com a Mara de ver uma exposição no Museu de Arte Moderna, vamos?

Bernardo ficou revoltado:

— Isso não é programa, é tortura! Querem estragar meu sábado com essa mania de cultura!

Mara, ouvindo a discussão, resolveu intervir:

— Vamos com a mamãe, Bê, não custa nada fazer um programa diferente.

— É uma exposição de fotos superinteressantes de um brasileiro que se especializou em fotografar pessoas em situações difíceis de trabalho e de vida nos países do Terceiro Mundo — explicou a mãe.

— E vocês querem me chamar para ver fotos de miséria? Nem preciso ir ao museu, é só virar a esquina que eu vejo o povo morando na rua!

— Ai, Bernardo, você não está nem aí para o problema dos outros, não é? — disse Mara.

— Hoje é sábado! Tenho o direito de fazer só o que me agrada. Problema é ter de aturar escola. Vão vocês duas e me deixem em paz!

É difícil fazer o Bernardo se interessar por essas coisas. A única leitura aceitável é revista em quadrinhos e de mulher pelada. Livros, só o que a escola manda ler, assim mesmo só pega na véspera da prova e, ainda por cima, lê xingando o autor e zomba do professor, que só indica livro careta. Apesar das brigas constantes com a filha, a mãe acha ótimo a Mara gostar de ler, adorar cinema e ir com ela às exposições. Mas Bernardo vive em permanente "greve de cultura"...

Mara se revolta com o jeito de a mãe educar o irmão. Acha que Bernardo é alienado. Ainda por cima, quer tudo na mão, até sanduíche tem preguiça de fazer, diz que prefere ficar sem comer a preparar alguma coisa para ele. Isso é assunto para inúmeras discussões entre Mara e a mãe:

— Se você não se oferecesse para fazer, ele aprenderia a se virar. Mas ele nem se toca, mãe. Você chega cansada do trabalho, mas é só ele dizer "quero comer" que você vai preparar comidinha para o grandalhão, que não tem nem disposição para esquentar a comida que a empregada deixou pronta!

Mara não aguenta presenciar essas cenas e briga também com o irmão:

— Bernardo, você não está vendo que a mamãe chegou cansada? Eu já fiz o meu prato, vá você fazer o seu!

— Eu, não! Tenho mãe para quê?

No fim das contas, Mara, revoltada, fica mal com os dois, às vezes até perde o apetite, desiste de comer, se tranca no quarto e liga para Tininha ou para o Cláudio, desabafando:

— Isso me magoa demais! Não consigo entender por que a mamãe fica paparicando o marmanjão. Depois cresce, casa e fica esperando que a mulher dê tudo na mão. O mais incrível é que a mamãe vivia se queixando do papai, porque ele era machista e não queria fazer nada dentro de casa. Depois que se separou, jura que não vai mais se casar, só quer namorar, porque marido dá muito trabalho. E continua fazendo tudo que o "Bernardinho" pede. O moleque já se acomodou e acha que trabalho de casa é coisa de mulher. O que dói é ver que minha própria mãe contribui para esse pensamento.

Nos dias em que a empregada não vem, Mara fica ainda mais revoltada. Sábado é um desses dias. A mãe só pede ajuda a ela: põe a mesa, tira a mesa, lava a louça, limpa a casa, arruma as camas. E o Bernardo nem se mexe, deitado no sofá, vendo televisão. Mara explode:

— Quero ver como você vai se virar no dia em que eu ficar deitada no sofá feito a múmia do meu irmão!

A mãe se justifica:

— Você sabe muito bem que não adianta pedir que ele não faz.

— Ora, se não adianta pedir, mande, ou então deixe de fazer o pratinho do bestalhão. Você está criando um machinho e não quer enxergar.

No auge da discussão, Mara chora. Corre para o telefone, pedindo socorro aos amigos:

— É por isso que tem tanta menina revoltada por ter nascido mulher! Acabam mesmo pensando que o mundo é dos homens, os grandes privilegiados.

— Calma, Mara — consola Tininha. — Logo mais, o grupo todo vai para aí e vamos nos divertir.

Às oito, estavam todos lá, com um filme de comédia para animar o pessoal. Tininha ainda não tinha conseguido se encontrar com o pai e estava preocupada: ele iria ou não à sua festa de aniversário?; Cláudio andava chateado com ele mesmo porque já faz tempo que gosta da Bianca, mas a timidez nunca deixou que se aproximasse, mesmo antes de o Rafa começar a namorá-la; Andreia tinha acabado de brigar com o namorado e nem queria sair de casa. Enfim, estavam todos precisando rir um pouco. Só o Bernardo estava numa boa: às dez, saiu para uma festa, sem ter hora para voltar.

Essa diferença no controle dos horários é outro motivo de revolta para Mara, que não se conforma com tanta contradição.

— Bernardo pode chegar em casa a qualquer hora, eu não. Tininha, se lembra da festa da Tânia? Uma e meia da manhã, a maior animação, tive a consideração de ligar para mamãe pedindo para voltar às três com o pai da Andreia. Mamãe não deixou porque o combinado era voltar às duas com a sua mãe.

— Pois é, Mara, lá em casa também tem essa de limitar os horários — disse Tininha, conformada.

— Mas o Bernardo, desde os treze anos, pode chegar em casa até às quatro da manhã! Só porque ele é homem? O mais incrível é que, apesar de toda a liberdade que tem, o Bê morre de ciúmes da mamãe. Não quer nem ouvir falar que ela namora! É bem verdade que ela não apresentou ninguém até hoje, eu é que morro de curiosidade.

— Você não sente nem um pouquinho de ciúme da sua mãe, Mara? — Tininha queria saber, já que tinha passado pela experiência de detestar um dos namorados da mãe.

— Não, ciúme eu nunca senti, nem quando o papai apresentou uma namorada que só durou dois meses. Mas o Bernardo, quando pequeno, se metia no meio de papai e mamãe, acordava de noite e queria dormir na cama deles, com a desculpa que tinha medo de dormir sozinho. Agora, ele vive querendo controlar a vida da mamãe: quer saber onde vai e a que horas vai voltar. Sempre arruma um jeito de ficar perto do telefone quando mamãe está falando com alguém e fica resmungando quando ela sai com roupa decotada. Diz que não é roupa de mãe, vê se pode...

Nessa história toda, o que Mara acha mais incrível foi o que aconteceu com o pai. Depois da separação, alugou um apartamento de dois quartos e foi morar sozinho:

— Transformação inacreditável, gente: papai virou dono de casa, agora cuida das plantas e sabe até cozinhar! Quando estava casado, não sabia nem fazer ovo frito.

Na casa do pai, Mara e Bernardo dormem no mesmo quarto. Lá, o que surpreende Mara é o comportamento do Bernardo. Ele continua sendo o "inimigo da cultura", nem adianta incentivar leitura ou convidar para ver filmes que não sejam de guerra ou de aventura. No entanto...

— Papai não faz comidinha para ele, não! E tem de arrumar a cama quando acorda. E o bestalhão faz tudo, sem reclamar! Até sanduíche.

A mãe nem acredita quando Mara conta essas coisas. Como também nunca acreditou nos elogios das mães dos amigos, quando o Bernardo passava o fim de semana na casa deles:

— Seu filho é um amor! Tão prestativo, educado, não dá trabalho algum, conversa com todo mundo.

A mãe sempre fica com a impressão de que estão falando de outra pessoa. "Bernardo, prestativo?"

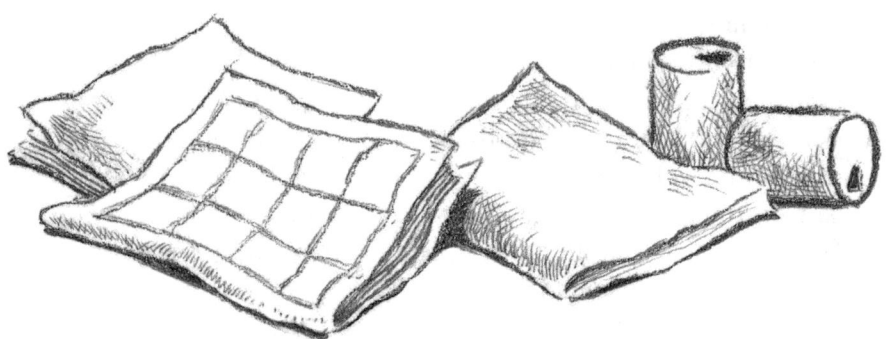

# 5

Segunda-feira, quando Cláudio, Tininha e Mara chegaram na escola, encontraram o maior tititi. As notícias correm muito rápido e já um grupinho da turma estava agitado, espalhando a novidade do dia:
— Gente, vocês não sabem da maior! A Bianca está grávida!
Cláudio empalideceu. Não conseguiu dizer nada, só sentiu o coração disparar e o suor frio nas mãos.
— O quê?! E aí? Ela vai ter o neném? — indagou Tininha, os olhos arregalados de espanto.
— Se acontecesse comigo, eu sentava na calçada e chorava de tanto desespero...
— Cara, ela é muito nova!
— O Rafa também! Já pensou ser pai com essa idade?
— E ele?
— Tá baratinado, ainda nem teve coragem de falar com os pais.
— E a Bianca, já falou?
Cláudio estava completamente atordoado. Nem conseguiu ouvir direito o resto da conversa, as vozes dos colegas se embaralhavam num "zum-zum-zum" confuso. Os pensamentos dele estavam mais embaralhados ainda. Sentiu uma pressão desconfortável no peito, o estômago embrulhado, vontade de sair correndo dali e fazer de conta de que aquela notícia era falsa. "Bianca... tão linda, com aquela mania de passar a mão nos cabelos que batem na cintura... Grávida! Foi horrível saber que o Rafa tinha ficado com ela na festa da Rê. Depois ficaram

mais umas seis vezes até que começaram a namorar. E eu, idiota, só olhando de longe, quando ela saía da sala e aparecia no pátio do intervalo. Aquele dia em que ela e o Rafa levaram advertência porque estavam se agarrando na hora da saída... Bianca grávida..." As recordações tomaram conta da cabeça de Cláudio, atormentando-o ainda mais.

E os comentários continuaram:

— É nisso que dá essa história de não querer usar camisinha — disse Mara.

— É muito fácil falar, mas vocês pensam o quê? Na hora em que pinta aquele tesão todo não dá para parar e nem pensar duas vezes!

— Tá louco, João? Não demora tanto para botar a camisinha. Bem, pelo menos é o que dizem os mais experientes — acrescentou Tininha.

— No fundo, a gente fica com aquela esperança de que não vai acontecer nada de errado — suspirou Andreia.

— É nessa que muita menina engravida...Cara, é muito azar!

Cláudio sentiu um aperto no coração quando imaginou a Bianca de barrigão. "Será que ela vai sair da escola?", pensou, angustiado com a perspectiva de não vê-la nunca mais. Naquele dia, a turma ficou agitada, foi difícil fazer silêncio nas aulas. O assunto "meninas grávidas" foi o prato do dia:

— Vocês lembram da Lu, aquela amiga do meu irmão que fez aborto escondido dos pais? — perguntou Mara.

— É, ela passou o fim de semana na casa da Beth, chorando sem parar.

— Foi um trauma horroroso. Já pensou, ir numa clínica clandestina, com a sala cheia de gente esperando a vez? — comentou Andreia.

— A Beth disse que a Lu ficou o tempo todo tremendo de medo.

— E ela, que também nunca tinha ido a um lugar daqueles? A Beth ficou apavorada, rezando para tudo aquilo acabar logo. E ainda teve de fazer cara de tranquila, para "dar uma força" para a Lu. Bem que ela queria ter o filho, mas...

— Mas, e aí? Só porque tinha quinze anos? A Fabi encarou o problema, e tinha a mesma idade. Falou com os pais, foi uma loucura — argumentou João. — Eles nem sabiam que ela não era mais virgem...

— Ah, sei lá. Acho que os pais fingem que não sabem mas, no fundo, desconfiam — disse Mara, ainda impressionada com a mãe que descobria tão facilmente suas mentiras.

— O pior para a Fabi foi o medo de contar para a avó, que sofre do coração — lembrou Cláudio, que tinha resolvido entrar na conversa para tentar se sentir melhor.— Mas aí é que foi a grande surpresa. Ela deu a maior força para a Fabi ter o neném. Ficou até contente porque ia ter um bisneto...

— Por essa ninguém esperava! — disse João.

— Pois é, com a Fabi acabou tudo bem. O neném é muito fofo, virou a alegria da casa — Cláudio acrescentou.

— Mas ele é uma gracinha mesmo — comentou Andreia. — Os pais é que não devem estar gostando de ter que sustentar tudo e ainda por cima ajudar a tomar conta da criança.

— Os meus reclamam de terem de me sustentar... — lamentou-se Tânia. — Mamãe vive dizendo que não vê a hora de eu começar a trabalhar. Aí eu não vou pensar em comprar roupa nova todo mês. Fico danada quando ela fala isso. Agora imaginem se eu apareço com um neném na barriga. Eles iam me trucidar.

— É, gente, mas também não ficou tudo bem com a Fabi, não. Ela ainda nem conseguiu voltar para a escola — comentou Tininha. — E vocês se esqueceram de que ela ficou na maior deprê porque o cara não quis nem saber? Disse que era problema dela, por ele tirava e pronto, não quis conhecer o filho e nunca mais falou com ela, nem por telefone. Ela diz que ficou mais difícil arranjar namorado. Quando os carinhas ficam sabendo que ela já tem filho desistem rapidinho.

Cláudio tornou a mergulhar em seus próprios pensamentos. Lembrou-se de uma tarde de sábado em que ele e Fernando estavam na casa da Fabi, antes de irem para um *show* de *rock*. Foi antes de acontecer o lance da gravidez. O Fernando morria de curiosidade de ler agenda de menina, Cláudio também. Como não tinham irmãs, ficava mais difícil pegar a agenda para ler escondido. E por mais intimidade que Cláudio tivesse com Tininha e Mara, jamais teria coragem de pedir para ler o que elas escrevem nas agendas. "O que será que elas escrevem? Que será que elas pensam dos garotos? Que será que as meninas querem?", perguntavam-se.

Quando a Fabi foi tomar banho, Fernando e Cláudio não resistiram: a agenda estava ali, bem em cima da mesa. Abriram numa página, uma segunda-feira de maio:

*Ontem, a discoteca estava o máximo! Tinha um cara lindo, que estava com uns amigos na mesa perto do bar. Louro, cabelos batendo nos ombros, bem musculoso. Ai, que tesão! A gente ficou se olhando... Quando ele veio falar comigo, meu coração disparou, fiquei nervosa, rindo sem parar, uma bobeira só. Me apaixonei na hora! Até que a gente ficou. Problema: beijava mal e tinha mau hálito. Cara, não acreditei! Um homão daqueles sem saber beijar direito e com cheiro ruim na boca... Depois reclamam das mães que ficam mandando escovar os dentes. Precisa mesmo! Moral da história: me desapaixonei no ato. E para dizer que eu não estava mais a fim? Disfarcei, chamei a Rê para ir ao banheiro comigo e depois convidei um amigo nosso para dançar. Aí, no meio da pista, tinha um outro gato lindésimo, um morenaço. Deu mole para mim, sorte que começou a tocar música lenta, e aí ficamos no maior "love". Nem quis saber o que aconteceu com o louro. Aí foi ótimo: o Rodrigo beija bem demais! Ele combinou de me telefonar amanhã. Será? Chato é que esses carinhas às vezes são uns tremendos papos-furados. Começa a rolar uma transa legal e eles somem... como o Adriano. Ainda bem que não penso mais nele todo dia, só agora que me lembrei. Não quero mais ficar sofrendo. Ai, estou apaixonadérrima pelo Rodrigo, quero ficar com ele de novo!*

Fernando ficou chocado. Comentou com o irmão:
— Pode, isso?! Paixão mais instantânea que leite em pó! Se apaixona, se desapaixona e se apaixona de novo, tudo isso em menos de vinte e quatro horas?
— É, vai ver que é por isso que tem muito homem que não confia em mulher — disse Cláudio, espantado com o que tinha lido.

Difícil foi fazer cara de inocente quando a Fabi saiu do banho. Não sabiam como disfarçar aquela incômoda mistura de choque, culpa e curiosidade. O maior medo de Fernando foi olhar para ela e ficar vermelho. Cochichou no ouvido do irmão, enquanto a Fabi secava o cabelo:
— Maldição, essa falta de controle sobre a cor da nossa própria cara! Parece policial dentro da gente denunciando os maus pensamentos.

"Fabi, Lu... uma teve, a outra tirou. E Bianca, o que vai acontecer com Bianca? E comigo?", pensou Cláudio, novamente angustiado.

Cláudio passou a semana toda aflito, sem conseguir tirar a Bianca da cabeça. Ela faltou dois dias na escola, depois apareceu, o rosto tristonho. Cláudio só a viu de longe, na hora do recreio. Morreu de vontade de se aproximar, puxar conversa, abraçá-la, mas a timidez continuou ganhando de dez a zero da coragem. O fim de semana se aproximava: "O que a Bianca vai decidir? Será que vai ter o neném?" — essa pergunta ficou martelando a cabeça de Cláudio. Nem conseguiu meditar direito, a imagem de Bianca fixa dentro dele, impossível manter a mente limpa de pensamentos, inatingível a sensação de bem-estar que acompanha a meditação. Falou com Tininha e Mara mais do que de costume, mas percebeu que não estava com tanta paciência para escutar as lamentações de Mara, ainda de castigo, e a preocupação de Tininha com o pai, aumentando na medida em que se aproximava sua festa de aniversário. Tampouco se sentia disposto a ouvir a mãe se queixando de ter de fazer "praticamente tudo" na casa e ficava alheio às brigas entre Fernando e Renato; era como se estivessem acontecendo em outra galáxia. O melhor lugar da casa, nessas circunstâncias, era a sua própria cama, onde se entregava aos seus pensamentos. "Ainda bem que consegui falar com o vovô, ele é a pessoa que mais me entende nesse mundo", pensou, momentaneamente reconfortado.

Sábado, onze e meia da manhã. Cláudio despertou às onze, mas ficou na cama. Quando tem tempo livre, gosta de ficar deitado, olhando para o teto e fazendo jogo de palavras.

"Solitário, solidário." Com as duas palavras, deixou as ideias correrem soltas, formando frases e pensando nos temas que surgiam. Foi o avô chinês quem ensinou essa brincadeira: diz que é ginástica mental.

"Quem é solidário nunca fica solitário." Depois de pensar algumas vezes sobre isso, Cláudio concluiu que nem sempre é assim. Ele é solidário, tem paciência para ouvir o desabafo dos amigos e até da mãe. Mas se sente solitário.

Cláudio ainda não ficou com nenhuma menina. Além da timidez dificultando as paqueras, sente uma atração tão forte por Bianca que não consegue se interessar por mais ninguém. "Sou um bestalhão", pensou. Tanta facilidade para puxar conversa com todo mundo, grandes amigas com quem discute tanta coisa, mas é só chegar perto da Bianca que o coração dispara, dá um branco na cabeça que faz sumir todos os assuntos interessantes. "Ai, que inveja do Adriano! Como é que ele consegue cantar tudo quanto é menina? Que facilidade! E nem é tão bonitão assim. Tudo bem, ele tem charme e sabe dizer as coisas que deixam as garotas encantadas. Mas e daí? Mesmo a Tininha e a Mara, que sempre ficaram de pé atrás com ele, reconhecem que ele sabe conquistar uma menina. E a Fabi? Já ficou com meio mundo e nunca se amarrou a ninguém, mesmo assim sofreu o diabo quando ele caiu fora. Quer dizer, pelo menos era isso que estava escrito na agenda."

Pensamentos e sentimentos surgem embolados em grandes ondas dentro de Cláudio, entremeados com a imagem de Bianca e a vontade de saber o que ela iria fazer da vida. Maldizendo a própria timidez, pensou novamente em Adriano: "Do que ele fala que elas gostam tanto? O que as garotas gostam de ouvir? Ou será que o papo não é o principal, e o mais importante é o beijo? A Fabi escreveu na agenda que desistiu do louro cabeludo porque não sabia beijar direito... E ainda tinha o lance do mau hálito".

Cláudio já tinha lido um monte de revistas de sacanagem que o Fernando e o Renato costumam comprar com o dinheiro da mesada. Além das fotos das mulheres, tem os contos eróticos. Isto o excita, mas não ajuda a superar a timidez.

Essa conversa com ele mesmo continuou a deixá-lo ansioso. Percebeu que estava com as mãos suadas e geladas, sentindo-se superdesajeitado. "Será que eu saberia o que fazer na hora? E se eu não conseguisse? Ai, que vexame! E beijar pela primeira vez? Será que dá certo ou tem de treinar primeiro? Não, no espelho, não! Nunca ouvi nenhum garoto contar que aprendeu a beijar no espelho. Será que essas coisas a gente já nasce sabendo?" A imagem de Bianca e Rafa transando surgiu na mente de Cláudio. Perturbado, levantou-se, andou pelo quarto esfregando os olhos, querendo expulsar o pensamento que o atormentava tanto: "Bianca, grávida..."

"É muito mais fácil ouvir o problema dos outros do que falar sobre as próprias dificuldades. Quem sabe a Tininha, a Mara ou até o próprio Fernando podem me ajudar a vencer essa timidez. Mas como começar o assunto? Tudo bem que as dores de amores sejam o nosso assunto preferido, mas falar de mim é tão difícil! Tininha já teve uma paixão não correspondida e ficou com dois meninos; Mara já ficou com vários e até namorou um deles. Elas até sabem que eu gosto da Bianca, mas eu não consigo desabafar. Droga de timidez! Por que só me ataca quando tento me aproximar da Bianca?"

Cláudio se lembrou de um papo da própria Bianca, numa das raras vezes em que conversaram. Foi depois de uma prova de Matemática: ela estava nervosa, tinha errado quase todas as questões. Um bloqueio que não conseguia superar: estudava de montão, fazia mil problemas, tinha aula particular, o professor dizia que ela sabia tudo. Quando lia as questões da prova, pronto: branco total. Suava frio, ficava nervosa, esquecia tudo o que sabia, sentia-se burra. Quando chegava em casa, com calma, conseguia resolver certinho todas as questões. Ficava desesperada com isso. "Ela com a Matemática, eu com a minha paixão por ela. Bloqueio total."

As ideias de Cláudio começaram a se embaralhar. "E se

Bianca não estivesse grávida e tivesse terminado o namoro com o Rafa? O campo estaria livre, e aí, o que eu faria? Escreveria uma carta de amor para ela? Não, ideia ridícula, isso é coisa da Idade Média. E se fosse no computador? Carta anônima? Ideia mais ridícula ainda. Se tomasse coragem e pedisse a Tininha ou a Mara para falar com ela? Pô, usar mensageiro para essas coisas! E se falasse direto que estou a fim dela e quero namorar? Mas ninguém namora sem ficar antes..." Ele próprio se confrontava, como se fossem dois Cláudios discutindo pontos de vista diferentes. Continuou imaginando coisas: "E se ela quisesse me namorar sério, será que os pais concordariam? Mas se até grávida ela já ficou... Mas vai ver que os pais ainda nem sabem. Ah, os pais não sabem nem da metade do que acontece com a gente."

Sentia-se perdido no meio da batalha entre a vontade de namorar Bianca e a maldita timidez. Imaginou, mais uma vez, Bianca sem Rafa: "E se eu perguntar se ela quer me namorar e ela responder que não? Eu ficaria arrasado, não tenho dúvida. Mas se eu não criar coragem, quem garante que ela vai ficar me esperando? Já tinha aparecido o Rafa, daí a pouco seria outro. É questão de pegar ou largar". De volta para a realidade, um gosto amargo na boca: "O Rafa está com a Bianca, e ela está grávida..."

"Coisa complicada, ser homem e ter que tomar a iniciativa", foi a conclusão de Cláudio. "Seria bem melhor ser seduzido... Bianca chegando perto, dizendo que gosta de mim... Aí, pronto, não teria problema. Será? O Renato que também é reservado, caladão, passou por essa situação de sedução explícita. A Rê estava ligadona nele e ela é de dar em cima mesmo, sem inibição. Convidou o Renato para sua festa de aniversário. Tocou música lenta, chamou o Renato para dançar, colou o rosto no dele, falou com voz rouquinha que estava a fim dele e tacou-lhe um beijo na boca. Renato correspondeu, acabaram ficando na festa, mas ele se assustou com o ataque."

Cláudio relaxou um pouco, rindo sozinho das lembranças do lance entre a Rê e o Renato. Ela telefonando quase todo dia e ele inventando desculpas para não sair com ela ou mandando dizer que não estava em casa. Nunca mais quis ficar com ela, disse que se sentiu pressionado. "E a Rê é um mulherão... Engraçado... Será que as garotas se assustam quando o cara é muito direto ou é isso mesmo que elas querem? Será que elas se sentem pressionadas quando o cara é insistente? E por que eles fogem quando as meninas correm atrás? Deveriam gostar..."

Três batidas na porta do quarto:
— Cláudio!
— O que é, mãe?
— Está na hora do almoço!
— O que tem para comer, mãe?
— Bife com batata frita.
— Tá... Tô indo... — respondeu, não muito animado.

# 7

Tininha estava vendo a novela das sete espichada no sofá da sala, enrolada numa manta, a cabeça no colo da mãe:
— Faz mais um pouco de cafuné na minha cabeça, mãe?
— Faço, filhinha. E aí, melhorou da garganta?
— Melhorei. O remédio que você me deu é tiro e queda. Só não melhorei das neuras. E se o papai não vier para a minha festa de aniversário?
— Querida, o que aconteceu no ano passado? Ele inventou uma desculpa, não apareceu, você ficou chateada, mas nem por isso deixou de aproveitar sua festa, não foi assim?
— Foi, mas... Se eu pudesse, só convidaria o papai, sem aquela mulher chata... Depois que ele se casou com ela, tudo piorou. Ele está cada vez mais distante, não tem tempo para mim.
— Pois é, minha filha, eu também preferiria não me encontrar com ela, mas o que fazer? Agora, a mulher dele é ela, não sou mais eu... — a voz da mãe de Tininha não conseguiu esconder a mágoa.
— Não consigo me sentir bem na casa dele...
— Mas está cada vez mais difícil ele concordar em sair sozinho com você...
— Eu sei, é uma droga isso, mas tem outro jeito? Chego lá, está na cara dela que ela não morre de amores por mim, prefere ficar sozinha com meu pai, curtindo o romance — disse Tininha, com ironia, mal disfarçando a raiva. — Sabe o que me dói mais, mãe? É ver os dois aos beijos e abraços, se dando às mil maravilhas, e quando ele estava casado com você só dava briga...

A mãe de Tininha ficou com os olhos cheios d'água:

— No início do nosso casamento, a gente também não brigava, Tininha. Depois, começaram os problemas e aí, quando não estávamos discutindo, cada um ficava num canto. Seu pai sempre foi muito fechado, não era fácil conversarmos sobre nossas dificuldades sem brigar.

— Mãe, e se eles quiserem ter um filho? Ela é novinha, com certeza vai querer...

— É provável, Tininha. Mas, e daí?

— E daí, mãe? E daí que ele não vai mais querer saber de mim. Já morre de amores pela mulherzinha, se tiver um filho, então... — duas lágrimas rolaram pelo rosto de Tininha.

— Ah, menina, não gosto de ver você sofrendo desse jeito... Vamos lá, está na hora de comer alguma coisa, daqui a pouco chegam seus amigos para combinar os detalhes da sua festa.

Às oito e meia, chegaram Cláudio e Mara, que foi logo falando da discussão com a mãe:

— Às vezes, tenho a impressão de que mamãe vive cheia de dúvidas, sem saber o que é certo e o que é errado. Coisas que eu acho que ela vai vetar, ela permite; coisas que eu acho que ela vai deixar, proíbe. Ficar de castigo é demais para mim. Já pensou ter de sair da tua festa logo depois da meia-noite, Tininha?

— Acho incrível como os pais ficam inseguros e sem saber o que fazer quando percebem os filhos crescendo e tentando viver melhor — arrematou Cláudio.

Os olhos de Tininha brilharam:

— VIVER MELHOR! Gente, e se isso virasse matéria de escola, como História, Biologia e Matemática? Não ia precisar de provas nem de recuperação: a própria vida se encarregaria de mostrar às pessoas se elas estão ou não aprendendo direitinho...

— Ih, viajou nas ideias — ironizou Mara. — E como

seria uma aula dessas, Tininha?

— Ah, sei lá... Só sei que não teria professor para escrever no quadro o roteiro das aulas. Nem teria presença obrigatória. Seria alguém para, digamos, coordenar um grupo de conversa, de troca de experiências, já que nem tudo a gente fala com os pais.

— É mesmo... Na nossa escola não tem grêmio nem grupo de teatro para a gente extravasar as emoções. Bem que faz falta um grupo de conversa mais especial — disse Mara.

— Se eu tivesse participado de um grupo desses na época em que meus pais estavam se separando, acho que teria me ajudado — acrescentou Tininha.

Cláudio achou que as aulas de Viver Melhor poderiam começar com todo mundo sentado no chão, pernas cruzadas, coluna reta, olhos fechados, respirando devagar para deixar o ar entrar até debaixo do umbigo. É assim que ele medita, e Tininha faz algo parecido, quando se encosta no tronco da grande mangueira para "viajar nas ideias" até encontrar a paz.

— Gente, tenho uma prima que acabou de se formar em psicologia — lembrou Cláudio. — Ela, com certeza, adoraria coordenar um grupo de conversa como esse. "Quem sabe, assim eu teria coragem de me abrir um pouco mais e vencer a maldita timidez?"

Mara achou graça da ideia de começar os encontros do Viver Melhor com meditação:

— Só você mesmo, Cláudio, para bolar uma dessas. O pessoal ia zoar muito. Quem é que ia ter paciência para ficar sentado, meditando vinte minutos antes de começar a falar? A moçada só quer saber de festa e de bagunça. E por falar em festa...

— É mesmo, gente. A campainha está tocando, deve ser o João ou a Andreia chegando. Precisamos combinar os detalhes, falta menos de uma semana.

João tinha dois grandes interesses na vida: vôlei e música. E foi ele que ficou encarregado do som da festa: levou alguns discos para mostrar à Tininha, pegou mais alguns com ela e com isso disse que já poderia montar a trilha sonora, combinada com o jogo de luzes. Andreia ficou com a decoração: seu grande sonho era montar um restaurante com comidas enfeitadas, aquelas que até dá pena de comer de tão bonitas que são. Como também tem muito jeito para desenho, levou algumas amostras de flores coloridas, combinação de colagem com pintura, para decorar as paredes do salão de festas. Tininha adorou e ficou tão animada com a perspectiva da festa que até se esqueceu da preocupação com o pai.

# 8

A festa da Tininha foi um sucesso total. Andreia caprichou na decoração: as flores de papel bem coloridas junto com folhas de samambaia de verdade criaram um clima tropical. Algumas flores menores foram colocadas nas bandejas de salgadinhos e de sanduíches para dar o toque estético. João colocou lâmpadas verdes nos cantos do salão para realçar os enfeites das paredes e fez o jogo de luzes; o som saía de duas caixas enormes, especiais para festas. As meninas capricharam no visual: a maioria de vestido preto coladinho, meias idem, muito batom vermelho e cabelos bem produzidos. Tininha escolheu um vestido vermelho, com decote em V, realçando os olhos verdes e o cabelo castanho-claro que caía pelos ombros.

Às onze e meia da noite, quase todos os oitenta convidados já haviam chegado. Entre os poucos que faltavam, o pai de Tininha, que acabou não aparecendo mais uma vez. Ela ficou chateada, mas não deixou de se divertir por causa disso. Um amigo que João levou para a festa se interessou por ela, mas Tininha estava tão ocupada recebendo os convidados que não quis ficar com ninguém. Mara conseguiu ficar pela terceira vez com Roberto, o irmão do Pedro, um menino que vive levando advertência e suspensão na escola, por indisciplina. Rafael — o Rafa, namorado da Bianca — também foi, e com ela. Cláudio ficou mal: olhava disfarçadamente para a Bianca, com seus longos cabelos, a calça justinha marcando o corpo, nem parecia grávida. "Será que ainda estaria ou...", Cláudio pensou, torturado. No entanto, percebeu que Bianca não ficou de agarração com o Rafa, como costumavam ficar na escola,

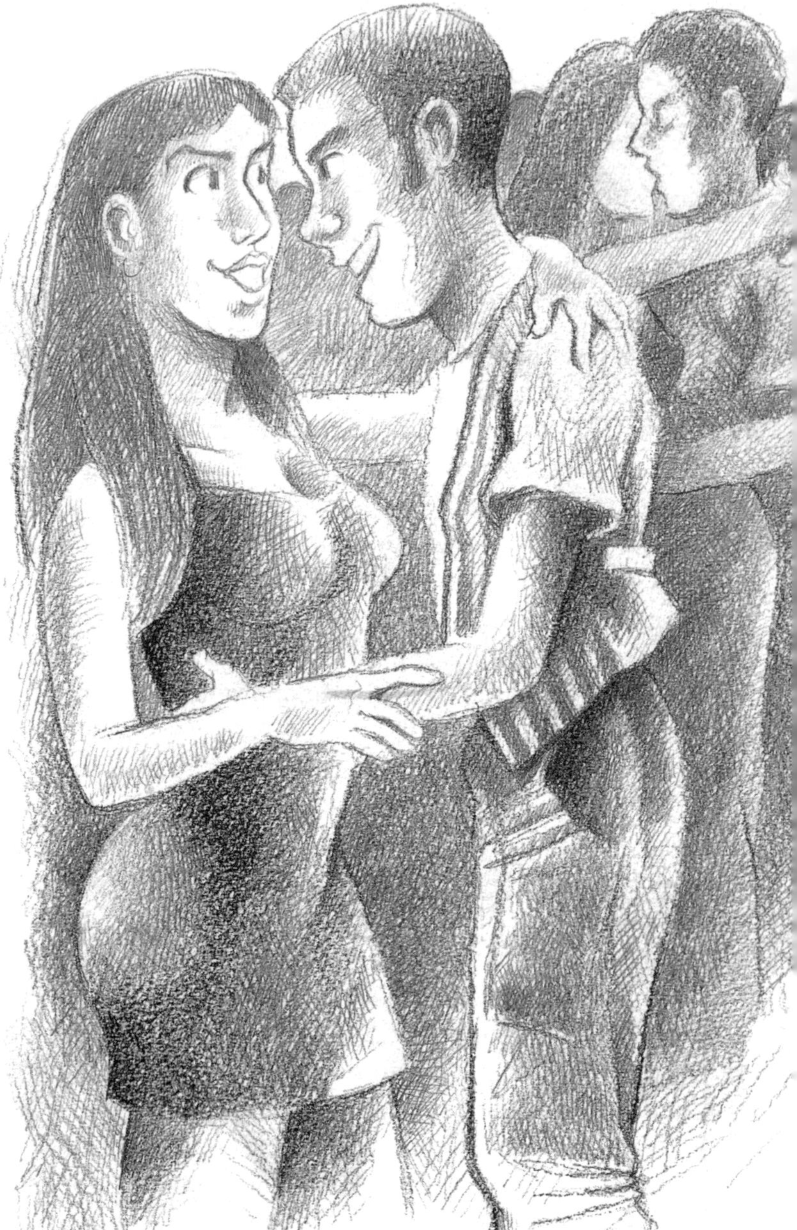

a ponto de terem até levado advertência. Ficaram de mãos dadas, Rafa acariciando-lhe os cabelos do jeito que Cláudio sempre sonhou fazer, mas ela quase não retribuía o carinho, o olhar distante, perdido. "O que será que está acontecendo entre eles?", Cláudio dividia-se entre a preocupação e a esperança.

Fernando e Renato, os irmãos de Cláudio, também estavam lá:

— Olha lá, Fernando, que gracinha aquela de vestidinho preto!

— Qual, Renato? Tem pelo menos umas vinte meninas com vestido preto na festa!

— Aquela morena, com a saia rodada e cabelo cacheado.

Renato ficou muito a fim, mas não se aproximou porque dois garotos estavam conversando com ela. Meia hora depois, deu para perceber o que estava acontecendo: a menina estava super-requisitada e recusava todos os pretendentes. Não ficava com ninguém. Renato desistiu, nem tentou chegar perto. E Fernando incentivando:

— Vai lá, cara! Tenta a sorte, não está interessado?

— Não adianta, ela não fica com ninguém, vai querer ficar comigo?

Ficou olhando a menina o resto da noite, mas não azarou mais ninguém com medo de arriscar.

A Rê, logo no início da festa, tentou dar em cima do Renato, mais uma vez. Passava de um lado para o outro, provocante com um vestido bem decotado, lançando olhares para ele. Não adiantou, Renato ficou na dele e ela logo se interessou por outro. Ou melhor, por dois outros.

Uma hora da madrugada, muita animação. Mara tinha conseguido com a mãe permissão especial para ficar até o final da festa da amiga e dançou o tempo inteiro com o Roberto. A cerveja acabou logo, só sobrou refrigerante. A mãe de Tininha limitou a quantidade de cerveja de propósito, com medo de muita gente ficar de porre e criar problemas. Correu tudo na maior tranquilidade, muitas meninas dançando sozinhas, a maioria dos meninos conversando pelos cantos do salão e olhando o movimento. Alguns comentavam sobre a Rê, que ficou com dois meninos na festa e estava dançando agarradíssima com um deles, a ponto de a mãe da Tininha ter ido falar com ela.

Às três da manhã, saíram os últimos convidados. Tininha, feliz e exausta, contabilizou as sobras de comida e de refrigerante. Combinou com Mara, Cláudio, João e Andreia um "enterro dos ossos" depois que todo mundo acordasse.

Duas da tarde, salgadinhos no forno, grupinho chegando com fome, todos acordaram tarde e ninguém tinha tomado café da manhã. Reservaram o apetite para liquidar os deliciosos salgadinhos e sanduíches que a mãe da Tininha tinha mandado fazer. Mas o prato principal foram os acontecimentos da festa.

A mais comentada do "enterro dos ossos" foi a Rê, que já tinha fama de galinha desde que ficou com três meninos numa festa, tempos atrás. E foram as próprias garotas do grupinho dela que falaram mal, no dia seguinte.

— Mulher não dá refresco. Quando uma sai da linha, todas criticam, mesmo quando dão a maior força na frente da coitada — comentou João.

— Tem muita garota com inveja do jeitão desinibido da Rê, porque ela dá umas gargalhadas gostosas e gosta de ficar tomando cerveja com os meninos.

— Ai de mim se a mamãe descobre que eu também bebo cerveja sem ser em dias de festa... Outro dia, eu acho que ela desconfiou quando eu cheguei da tua casa, João.

— E aí?

— Eu peguei um chiclete de hortelã assim que entrei no elevador, mas achei que ela me olhou com uma cara...

— Vai ver que você fez cara de sem-graça e ela desconfiou que você estava fazendo besteira — disse Andreia. — A mamãe também me enche a paciência com esse negócio de beber cerveja, diz que eu vou acabar ficando alcoólatra.

— Mamãe diz a mesma coisa. Ridículo, isso. Feliz é a Rê. A mãe dela não está nem aí para o que ela faz — arrematou Mara.

— Que inveja, hein, Mara? Mas o que as meninas mais invejam é o pernão da Rê, que aparece quando ela sai por aí com a saia curtinha — comentou Cláudio.

— O pai dela é contra roupa curta e coladinha, acha provocante demais, ainda mais com batom vermelho e cabelo jogadão para o lado.

— Mas ela não está nem aí para essas reclamações; vai para a praia com um biquíni mínimo, que também escandaliza o pai. A Rê vive pedindo à mãe para acalmar o coroa.

— E o irmão mais velho? É o tormento da vida dela. Se ele estivesse na festa ontem, a Rê não teria conseguido ficar nem com um, quanto mais com dois. Quando eles saem no mesmo grupo, ele fica feito cão de guarda, só falta avançar quando algum carinha mostra interesse.

— Parece que o pai e o irmão morrem de ciúme e não querem que garoto algum chegue perto dela. Ela me contou que eles nem dão os recados quando é voz de homem no telefone — comentou Andreia. E acrescentou: — Apesar desse jeitão desinibido e das roupas coladinhas, a Rê ainda é virgem.

— Não acredito! — Mara se espantou.

— E daí? Ela diz que ainda não se apaixonou o suficiente para ter vontade de transar. E tem medo do pessoal da casa. A mãe, apesar da pose de avançadinha, é bem conservadora. O pai e o irmão, então... Acho que até esfolariam vivo o infeliz!

— Ela é que está certa. Beijar e abraçar já é tão bom, transar pode ficar para mais tarde — opinou Tininha.

— Algumas amigas da Rê pareciam estar com pressa de perder a virgindade, ninguém queria ficar por último.

— Minha mãe me contou que, antigamente, a competição era com a menstruação. Quem ficava por último perdia prestígio, não era "promovida a moça". E os meninos ficavam de olho na aula de educação física, para ver quais as garotas que pediam dispensa. Era a maior vergonha quando eles percebiam quem estava menstruada.

— Mas esse lance da menstruação é o maior grilo mesmo. Vem muito, vem pouco, aparece de surpresa. Vocês lembram do que aconteceu com a Fabi, em plena sala de aula? Na hora de sair para o recreio, levantou com uma tremenda mancha vermelha na saia branquinha! E os garotos rindo, foi um horror.

Andreia estava animada para dar mais detalhes sobre a Rê:

— Ela anda preocupada com o tamanho dos peitos.

— Preocupada? Quem? A Rê? Deveria estar orgulhosa — disse Cláudio. — Viu o decotão do vestido dela? O Renato me contou que ela estufava o peito quando passava na frente dele, mas ele nem ficou tentado.

— Tudo bem que homem gosta de mulher de peitão, Cláudio, mas o dela está demais. Com o biquíni que ela usa fica o maior realce, até os coroas ficam de olho...

— E eles bem que gostam de garotinhas! — comentou João. — Vai ver que o pai da Rê é desses que ficam paquerando as menininhas e aí censura as roupas da filha.

— É... E meu pai que acabou se casando com uma garota de 22 anos, novinha! — desabafou Tininha, com uma mistura de ciúme e decepção na voz.

— O mais incrível é que gente mais velha também fica e namora escondido dos filhos — disse Mara. — Outro dia, cheguei da aula de inglês, abri a porta de casa sem fazer barulho e peguei minha mãe no telefone falando com o namorado. Parece que está saindo com ele há uns três meses, mas não me contou nada. Diz que é assunto particular. Depois reclama que eu fico falando horas com os meus amigos e que por isso a conta do telefone fica estratosférica.

— Da conta de telefone todos os pais reclamam. Mas estou contigo, Mara, os adultos também estão achando esse lance de namoro muito complicado — disse Tininha. — Outro dia, vieram duas amigas da mamãe jantar aqui em casa; as três reclamando dos homens: que somem rapidinho e não querem compromisso de namoro sério. Nossa, com quinze, vinte ou quarenta, parece que estão todos com medo!

# 9

Algumas semanas depois da festa, Tininha, Mara e Cláudio resolveram retomar a ideia do Viver Melhor como grupo de conversa. Marcaram um encontro na casa de Tininha para depois do jantar. Antes de Mara chegar, Tininha contou em detalhes para Cláudio que conseguiu sair com o pai para jantar. Ele explicou que não tinha ido à festa de aniversário porque a mulher não estava se sentindo bem. Tentou ligar mais tarde, mas o telefone não respondia; já deveriam estar todos no salão de festas. Tininha engoliu seco, achou melhor nada dizer mas ficou com muita raiva, achando que a mulher inventou um pretexto para não ir à festa e não deixá-lo ir. "Ou será que ela está grávida?" O pensamento afligiu Tininha. Já tinha ficado abalada com a notícia da gravidez de Bianca; embora nem fosse uma grande amiga sua, ficou preocupada com a situação. Poderia acontecer a qualquer uma do grupo se não fossem tomadas as devidas precauções antes de começar a transar. Ficou mais abalada ainda quando soube do desfecho da história: na escola, estava correndo a notícia de que Bianca havia abortado. "Será? Como será que anda a cabeça dela? Coragem ou covardia? E agora, como vai ser?"

— Pois é, Cláudio, é tanta coisa que acontece na vida da gente que um grupo de conversa coordenado poderia ser uma boa. O que você acha?

As observações de Cláudio desviaram seus pensamentos.

— Concordo com você. É muito bom ter amigos com quem a gente possa desabafar e contar as novidades, mas às vezes a gente se perde nos assuntos, não dá para chegar a grandes conclusões. Com alguém coordenando, acho que a gente pode ir mais longe, refletir melhor, sei lá.

— Acho que um grupo de conversa poderá ajudar a gente a entender melhor a gente mesmo e os outros. Isso é o que eu espero.

A campainha tocou, era Mara chegando com os olhos negros faiscando de alegria:

— Gente, desculpe o atraso, mas fiquei quase uma hora com o Roberto no telefone! Não dava para desligar, né? Ai, foi tão bom ter ficado com ele na tua festa, Tininha! Ele é supercarinhoso, só espero que dessa vez ele decida me namorar.

— E aí, vocês combinaram de sair?

— Combinamos um cinema para domingo à tarde. Agora é rezar para não sair confusão com a minha mãe. Nem pensar em ficar de castigo!

Cláudio só estava esperando Mara chegar para contar a novidade:

— Já falei com a minha prima psicóloga sobre o projeto Viver Melhor. Ela achou a ideia ótima e aceitou coordenar as reuniões.

— Quem sabe esse grupo de conversa vai me ajudar a viver melhor com a minha mãe — suspirou Mara.

— E eu com meu pai — acrescentou Tininha.

Os três ficaram tão animados com o projeto que resolveram falar com a coordenadora da escola logo no dia seguinte para apresentar a ideia.

Saíram da sala desanimados:

— Os adultos vivem reclamando que os jovens são cabeças-duras para aceitar as boas ideias que eles querem transmitir. Cabeças-duras são eles que não aceitam as boas ideias dos jovens. Quem poderia imaginar que justamente a coordenadora fosse contra a ideia de colocar o Viver Melhor no currículo? — lamentou Cláudio.

— Talvez a gente tenha se precipitado, com o entusiasmo de criar uma matéria mais interessante do que as obrigatórias — concluiu Mara.

— Acho que a gente não transmitiu a ideia com clareza — disse Tininha. — Falo por mim: quando fico animada, o pensamento anda mais rápido do que as palavras, sai tudo embolado, difícil de entender.

— É, a gente precisa fazer um planejamento melhor, pedir ajuda à prima do Cláudio e apresentar o projeto por escrito, eu acho.

A prima do Cláudio aceitou se reunir com eles para ajudar a formular melhor o projeto. Recém-formada e sem emprego, pedia a Deus qualquer oportunidade para colocar em prática o que aprendeu na faculdade. Além disso, queria se especializar em tratamento de adolescentes. "Esse grupo caiu do céu, posso pegar prática com eles. Depois, quem sabe, poderia até ser contratada pela escola", ela estava cheia de esperança.

Após algumas conversas com a prima, Cláudio, Tininha e Mara fizeram um projeto caprichado, explicando os objetivos do Viver Melhor, e marcaram outra entrevista com a coordenadora. Desta vez, ela até achou a ideia boa, reconheceu que seria útil para melhorar a qualidade dos relacionamentos tanto na escola quanto na família, mas... E aí começaram os obstáculos:

— Vocês precisam entender que o ano letivo já começou e, portanto, não dispomos de verba para contratar mais um professor, não há horário vago nem sala disponível. Mas prometo que vou apresentar o projeto ao diretor.

Cláudio, Tininha e Mara saíram da reunião com a impressão de que este seria mais um projeto interessante que não sairia do papel por falta de apoio oficial.

Mara nem tanto, mas Cláudio e Tininha não eram de desistir fácil. Quando metiam uma ideia na cabeça, corriam atrás até conseguirem alcançar o objetivo. O avô do Cláudio vive dizendo que é o hábito de meditar que desenvolve a paciência e a persistência. A pessoa fica com mais força para enfrentar os obstáculos.

Cláudio sugeriu:

— Gente, o negócio é o seguinte: se o Viver Melhor não puder acontecer na escola, vamos procurar um espaço alternativo.

— Não dá para ser na casa de nenhum de nós, porque vai sair muito assunto de família, aí os pais não podem ficar escutando — disse Mara, preocupada não só com a intromissão da mãe, mas, principalmente, do irmão.

— No salão de festas do condomínio, quem sabe? Minha prima, com certeza, adoraria a ideia de coordenar os encontros, mesmo fora da escola.

A prima do Cláudio aceitou o convite. Combinaram de se encontrar uma vez por semana para conversar sobre assuntos interessantes — os próprios problemas com as famílias e os amigos, os problemas dos outros e também sobre festas, paqueras e passeios, porque ninguém é de ferro para ficar falando de coisas sérias o tempo inteiro. Foi assim que nasceu o grupo de conversa batizado com o simpático nome de "Viver Melhor".

O negócio agora era arranjar gente interessada e interessante para fazer parte do grupo. A primeira reunião oficial do Viver Melhor, com a prima do Cláudio na coordenação, começou com um plano: recrutar pessoas para as reuniões. Logo surgiram as primeiras dúvidas:

— Será que essa ideia vai pegar? Ou isso é coisa de jovens "diferentes"? Talvez os "normais" achem esse negócio de fazer um grupo de conversa coordenado coisa de outro planeta — Tininha começou.

— Continuo achando que pouca gente conseguiria participar das reuniões sem zonear — disse Mara.

Cláudio sugeriu:

— Acho que seria melhor desistir de começar com meditação, é esquisito demais. Talvez mais tarde, quando o pessoal estiver mais acostumado com as conversas.

A primeira pessoa que Mara pensou em convidar para o grupo foi o Roberto. "Seria uma oportunidade e tanto de estar com ele com mais frequência e, aí, quem sabe. Além do mais, Roberto tem aquele irmão problemático, o Pedro. Ele poderia se interessar em vir para o grupo para conseguir lidar melhor com o irmão."

Tininha comentou, com um sorrisinho malicioso:
— Aí, garota, interesses pessoais em primeiro lugar, hein?
— Ah, Tininha, não enche!
— Estou brincando, menina. O Pedro parece um carro sem freios, não consegue parar quando é preciso. Continua sendo o líder da bagunça na sala dele?
— Claro. Já foi suspenso duas vezes este ano, agora está ameaçado de expulsão. O Roberto não aguenta mais dividir o quarto com ele. Diz que o Pedro espalha roupas, livros, cadernos, tênis fedorento, cuecas sujas, tudo pelo chão, em cima da cama e até da mesa de estudos. É um dos grandes motivos de brigas entre os dois, porque o Roberto é mais organizado.
— Mara ainda acrescentou outros detalhes: — O Pedro morre de raiva. Ela acha que o Roberto é o queridinho da mamãe porque quase não leva bronca nem castigo. Nessa de se sentir rejeitado, o Pedro apronta tanta confusão que as pessoas acabam mesmo ficando contra ele. E aí se acha cheio de razão para reclamar que todo mundo está de marcação com ele.
— Sendo o líder da bagunça, vai fazer tudo ao contrário do esperado — comentou Tininha.

A prima do Cláudio aproveitou o momento:
— O Roberto se destaca pelo lado certo e o Pedro se destaca como anti-herói.
— É claro que muita gente da escola adoraria ter coragem de chamar o professor de matemática de "pentelho", mesmo que tivesse de ter uma conversinha com o diretor logo em seguida. E quando o Pedro resolveu passear de bicicleta no pátio da escola, desafiando a ordem de deixá-la guardada no estacionamento? Fez o maior sucesso entre as meninas. Foram tantas que ele aprontou que o Roberto passou a ser conhecido como "o irmão do Pedro". Antes, era o contrário — agregou Mara.
— Talvez o Pedro não tivesse suportado ser o irmão do bom aluno e resolveu ficar famoso de outro jeito — concluiu a psicóloga.

O tempo da primeira reunião já estava se esgotando. Combinaram de chamar Roberto para a semana seguinte.

Quando saiu com Roberto para ir ao cinema, Mara falou sobre o projeto Viver Melhor. Ele se interessou em participar da reunião para falar do irmão. O clima da casa andava pesado: a mãe brigando com o pai e reclamando que ele dá força para as molecagens do Pedro, que ela já está sem moral com o filho, tudo que fala entra por um ouvido e sai pelo outro...

— O Pedro já sabe que o papai dá cobertura. Até porque ele vive dizendo que quando era garoto fazia as mesmas besteiras e mesmo assim acabou dando certo na vida. Acho muito errada essa atitude do papai, mas nem adianta falar. Quando tento apoiar mamãe, o Pedro debocha e continua fazendo o que quer e papai diz que isso é coisa de menino normal. E eu, por acaso, não sou?

Na reunião seguinte, Roberto foi o primeiro a aparecer. Estava horrorizado com o irmão:

— Anteontem, o Pedro tentou agarrar os peitos de uma menina na escola. Ela saiu correndo e foi se queixar com o diretor. Deu um rolo danado e o Pedro acabou suspenso por dois dias. Na próxima, é expulsão na certa.

Roberto descreveu em detalhes a conversa entre o pai e a mãe. Ela ficou chocada não só com Pedro, mas também com o marido, que nem repreendeu o filho por achar natural essas "coisas de macho":

"— Querida, você tem de entender que isso é normal e saudável. Essas meninas provocam mesmo, arrebitam o bumbum, estufam o peito quando passam na frente dos meninos, o que você quer que aconteça?

— Não acredito que você tenha um pensamento tão machista! Desse ponto de vista, a vítima passa a ser a culpada do crime.

— Crime?! Que exagero é esse, meu amor? Vai ver a menina até gostou...

— Fico chocada de ouvir você falando uma barbaridade

dessas. Desde quando falta de respeito com as meninas é normal e aceitável? Uma coisa é ter vontade de tirar sarro com o namorado, outra coisa é ser agarrada por um menino de quem ela nem está a fim".

Ouvindo Roberto reproduzir a conversa entre o pai e a mãe, Mara comentou:

— Depois dizem que não sabem porque o Pedro apronta tanto. Com um pai que se orgulha das façanhas do moleque, não é para menos.

A psicóloga resumiu o problema, dizendo que, quando o freio da gente não funciona, alguém de fora tem de tentar frear.

— Mas com o Pedro fica difícil; ele sempre acha que está com a razão e inventa uma desculpa para tudo que faz. Parece que ele pensa que o desejo dele é a lei: se ele quer, pode fazer e fica furioso quando alguém tenta impedi-lo ou castigá-lo — continuou Roberto.

Cláudio, Tininha e Mara acharam interessantes as explicações da psicóloga, tentando entender o Pedro mais a fundo. Então, Mara se lembrou de ter visto uma espécie de violino que Pedro tinha construído.

— O Pedro tem a mania de inventar instrumentos musicais com cordas de violão, pedaços de madeira, chapinhas, latas de leite e um monte de cacarecos. Mamãe vive reclamando que ele entope o quarto da empregada com aquela tralha.

— Taí, Roberto, talvez seja uma saída. Se as pessoas valorizassem mais a criatividade do Pedro, ele não precisaria se destacar como líder da bagunça. Ficaria conhecido como artesão de instrumentos musicais.

— É, talvez o Viver Melhor possa incentivá-lo a formar uma banda com suas criações. Acho que não custa tentar conversar com ele. Eu estou aceitando qualquer sugestão.

A reunião terminou com euforia. A conversa coordenada talvez estivesse dando seus primeiros frutos.

# 10

Nas semanas seguintes, as reuniões do Viver Melhor foram bastante animadoras, apesar de Mara ter ficado desapontada com Roberto, que alegou outros compromissos no horário da reunião:

— Estou com a impressão de que ele não quer é assumir nenhum tipo de compromisso comigo. Depois daquele cinema, não quis combinar mais nada. Ficou de ligar, só isso.

— Mas, Mara, no final do ano ele vai fazer o vestibular. Tem de estudar muito mesmo — contemporizou Tininha.

— Duvido que não sobre nem um tempinho para ele se divertir um pouco... — retrucou Mara, chateada.

— Menos mal que o irmão dele gostou da ideia de ser artesão de instrumentos musicais. Está até pensando em formar uma banda. Pelo menos já é um resultado do trabalho do grupo — disse Cláudio.

Andreia e João também tinham sido convidados. Para João era impossível: todo o tempo livre ele dedica aos treinos de vôlei, no clube do time do qual faz parte. Andreia estava tão deprimida depois que terminou o namoro com Carlos que não se animava a sair de casa, nem para conversar e extravasar sua tristeza. Só queria saber de comer, estava engordando visivelmente, já tinha perdido algumas roupas. No entanto, prometeu que, assim que se sentisse um pouco melhor, iria.

Ficaram só Tininha, Mara e Cláudio nas reuniões com a psicóloga. Assunto não faltava: Tininha começou a refletir sobre porque tinha tanta raiva da atual mulher do pai, a ponto de não querer frequentar a casa dele; Mara se interessou em pesquisar mais a fundo com outros amigos os reflexos do machismo nas famílias; Cláudio aos poucos foi se abrindo mais para falar do seu bloqueio com a Bianca, a única menina pela qual se interessava. Estava mais esperançoso: o namoro entre ela e o Rafa tinha terminado. Pelas notícias que correram na escola, o Rafa, apesar da atitude carinhosa com a Bianca na festa de aniversário da Tininha, não tinha dado a ela o apoio esperado.

— Então, Cláudio, o campo está livre. E agora, como você vai entrar? — desafiou a prima psicóloga.

— Mas será que ela aceitaria namorar outro agora? De repente, ela está a fim de ficar um tempo sozinha até se recuperar dessa história toda... — Cláudio estava cheio de dúvidas.

— Pois é, o negócio é você se lembrar do que o seu avô vive repetindo: "Quem não arrisca, não petisca" — disse Tininha.

Cláudio sorriu:

— É mesmo. E o vovô é danado. Depois que ficou viúvo, já teve várias namoradas.

— Como é que ele consegue? — Mara quis saber.

— Vovô diz que quando acha uma mulher atraente, chega perto e puxa uma conversa qualquer, como quem não quer nada, só para sondar o terreno. Depois, tudo fica mais fácil. Para ele, né? Para mim, não.

Semanas depois, a grande novidade era que o Pedro já tinha convidado alguns amigos para formar uma banda com seus instrumentos originais e até começaram a ensaiar no salão de festas. Tiveram de fazer um esforço enorme para convencer o síndico do prédio e a mãe do Pedro, que temia que ele estudasse menos ainda. Num almoço de domingo, com aquela macarronada que só a mãe sabe fazer, Cláudio contou as novidades para os pais, os irmãos e o avô, que apareceu só para almoçar, se desculpando que não poderia passar a tarde com eles porque tinha marcado um cinema com uma senhora muito simpática, que ele estava pensando em "conhecer melhor".

Fernando, que toca violão e já tem algumas composições, foi quem mais gostou da ideia da banda com os instrumentos inventados pelo Pedro.

— Ficaria interessante fazer uns arranjos para instrumentos diferentes. Taí, já me animei com a ideia!

Quem não gostou muito dessa animação do Fernando foi o pai:

— Você passa horas tocando violão e compondo, mas estudar que é bom... É aquele sufoco na véspera das provas. Não consegue criar método e disciplina para estudar um pouco todos os dias.

— Ah, pai, não venha com esse papo chato em pleno almoço de domingo...

— Vou repetir a mesma coisa até entrar na sua cabeça: até a quarta série, inteligência é suficiente, basta prestar atenção nas aulas e fazer o dever de casa; mas, a partir da quinta série, com mais coisas para estudar, quem não cria o hábito do estudo diário se dá mal.

— Ai, não... — Fernando botou as mãos na cabeça, entediado.

— Fernando, eu sei que você não gosta que eu fale sobre isso, mas o que mais me preocupa nem são as notas ruins: é a insegurança que eu vejo crescer em você. Acumula matéria, perde o pé, não entende as aulas, acaba se sentindo burro, incapaz de aprender. Acaba o ano com aula particular, não dá.

— Mas no final acaba dando tudo certo, então não esquenta. O Cláudio também quase não estuda e você nem liga.

— Com o Cláudio eu não me preocupo porque ele só não estuda o que não gosta. Fica em recuperação, mas não duvida da própria capacidade.

Fernando já decorou o discurso do pai, mas não se anima a colocá-lo em prática. O Cláudio também não. Só o Renato que senta para estudar assim que chega da escola. É prato feito para a mãe fazer as comparações que os dois odeiam, mesmo quando ela faz aquele macarrão delicioso:

— O Renato é estudioso, por que vocês também não fazem os deveres assim que chegam da escola? Não é pior ficar enrolando até a hora de dormir?

— Ai, que chatice ter mãe que fica em cima feito torturadora para lembrar que escola existe! Hoje é domingo, dia de descanso, não é para ficar falando de coisa ruim que acaba estragando o almoço da gente — explodiu Fernando, que já estava a ponto de se levantar da mesa e se trancar no quarto.

Sempre que reclamam desse papo chato, escutam o argumento final da mãe:

— Cada um tem a sua tarefa. Eu, por exemplo, tenho de ir ao banco e ao supermercado mesmo detestando enfrentar as filas. Vocês reclamam quando eu falo, mas se eu não ficar em cima, vocês não fazem...

Cláudio pensou, mas não teve coragem de falar em voz alta: "Parece que as mães fizeram um curso que ensina a todas elas a falarem igual! Em todas as casas é a mesma conversinha. O pior é que, quando elas não falam, os filhos não fazem mesmo. Parece brincadeira de gato e rato".

O clima do almoço estava ficando tenso. Cláudio tentou mudar de assunto:

— E aí, vô? Você está tão caladinho hoje. Conta pra gente: como é a "senhora simpática" que você vai levar ao cinema?

O avô contou que a conhecera na fila do caixa do supermercado. Como estava comprando uma marca nova de sabão em pó, perguntou se ela conhecia. Daí, começaram a conversar.

— Ela se chama Eunice, tem 56 anos, ficou viúva há três, tem dois filhos e um netinho de seis anos.

— Nossa, vô, já conseguiu levantar a ficha completa?

— Pois é, conversa vai, conversa vem, dei o meu telefone, ela me deu o dela, liguei logo no dia seguinte e aí...

# 11

A mãe no trabalho, a empregada faltou. Tininha está sozinha em casa, depois que chegou da escola. Colocou a comida para esquentar, encheu o copo com suco de uva, sentou para almoçar. Muitos pensamentos passaram pela sua cabeça, mas nenhum se fixou de modo especial. Mas começou a vir uma certa sensação de dor no estômago, que não era dor de verdade, era tristeza. Os olhos de Tininha ficaram cheios d'água e logo as lágrimas começaram a rolar pelo seu rosto. O olhar fixo no copo de suco de uva, com o gelo derretendo, Tininha não conseguia entender essa tristeza que crescia tão rápido dentro dela, nem sabia porque estava chorando tanto. Pegou o guardanapo, enxugou as lágrimas, tomou um grande gole de suco, não quis continuar comendo.

Era a terceira vez que esse ataque de tristeza aparecia e Tininha não sabia de onde vinha; sumia de repente, de modo misterioso. Ainda não tinha tido vontade de falar sobre isso com a mãe, temendo que ela a enchesse de perguntas, às quais não saberia responder. Também não queria preocupá-la: via a mãe triste de vez em quando, chorosa, mas ainda era por causa da separação. "Pelo menos, a mamãe sabe por que fica triste. E eu? Não consigo entender o que está acontecendo comigo, esse vazio, essa falta de não sei o quê. Será que sinto falta de um namorado?", perguntava-se. Estranhou não ter vontade de sair correndo para o telefone e desabafar-se com Mara e Cláudio. Havia alguma coisa doce e calma naquela tristeza toda. Tininha saiu da copa, foi para a sala, deitou-se no sofá, fechou os olhos e sentiu que, pouco a pouco, a tristeza se dissolvia.

"Amanhã é dia de reunião do Viver Melhor. Acho que

vou falar sobre essa tristeza estranha; quem sabe a prima do Cláudio tenha uma boa explicação para isso", pensava. O telefone tocou. Era Andreia, querendo saber a que horas iriam se reunir:

— Sabe, Tininha, acho que vou a essa reunião de vocês, embora eu não acredite que seja possível melhorar a relação com uma mãe que vive gritando comigo, uma irmã chatérrima e mimada que chora pedindo socorro quando eu encosto a mão nela e um pai que sai cedo, chega tarde e pensa que educar as filhas é tarefa de mãe. Papai vive dizendo que ter de sustentar a casa já é muito...

Quase meia hora no telefone escutando Andreia reclamar da vida. Ligou para Cláudio, que comentou:

— Domingo encontrei a Andreia no shopping. Estava sozinha, tomando um copo enorme de sorvete e com a cara péssima. Perguntei o que estava acontecendo e ela me disse que queria morrer porque a vida é uma droga. Fiquei sem saber se ela estava fazendo drama para chamar a atenção ou se tinha mesmo perdido a esperança.

Quando Tininha ligou para avisar que Andreia iria à reunião do Viver Melhor, foi a vez de Mara:

— Andreia vive às turras com a mãe. Pior que gato e rato, é uma implicância horrorosa! Cismou que a mãe gosta mais da irmã e só ela leva a pior. Mas com essa ideia fixa na cabeça, já dá bom-dia com a cara feia e tudo começa a azedar logo de manhã cedo... Pior do que eu e minha mãe...

— Por falar em você e sua mãe, como andam as coisas, Mara?

— Tudo calmo, por enquanto.

— E aquele lance da cerveja na casa do João?

— Mamãe teve uma conversa séria comigo. Diz que eu ainda não tenho idade para ficar bebendo cerveja num sábado à tarde, batendo papo com um amigo. Não entendo a diferença entre beber cerveja numa festa ou na casa dos outros. Ela bem que gosta de tomar suas cervejinhas quando recebe os amigos. Nunca falta cerveja gelada aqui em casa. Mas mamãe ficou tão grilada com essa história, que ontem eu percebi que ela estava contando as latinhas para ver se faltava alguma. Ela disse que duvida que eu não esteja bebendo até quando eu estou sozinha em casa. Vê se pode!

— A minha mãe também fica preocupada com esse negócio de bebida. Lembra como foi dureza para ela concordar em comprar cerveja para minha festa? Assim mesmo, só duas caixas e olhe lá! Por ela só teria refrigerante; eu ia morrer de vergonha! Isso é coisa de festa de criança...

— Ai, essas mães... — suspirou Mara.

Meia hora antes da reunião do Viver Melhor, a mãe de Tininha ligou pedindo que ela fosse rápido ao mercado comprar ovos para fazer suflê de cenoura. Na volta, Tininha viu a Fabi do outro lado da rua com o filho no colo. Foi o primeiro assunto do grupo de conversa:

— Gente, aquele garotinho está cada vez mais lindo! Todo gorduchinho, cabelo bem preto, cheio de cachos, demais! Ai, dá até vontade de ter neném — suspirou.

— O que será que vai acontecer com esse menino quando crescer? — perguntou Cláudio. — Será que vai ficar revoltado?

— Pois é, filho de mãe solteira que nem conhece o pai deve ser uma barra... A Fabi se queixa que agora é difícil arranjar namorado, mas não sei se é só por causa do menino. Ela tem má fama porque sempre ficou com muita gente. Aí sabe como é, né?

— É, vira "maçaneta": todo mundo passa a mão, mas ninguém pensa em namorar...

Mara ficou revoltada:

— Peraí, gente, isso é muito machismo! Quando é o cara que fica com tudo que é garota ninguém fala mal. Muito pelo contrário, sai por aí contando vantagem e os amigos acham que ele é o tal...

— Ficou louca, Mara? — retrucou Tininha. — Não é só garota que é galinha, cara também é. Vê se alguma de nós quer namorar o Adriano? A gente tem mais é que ficar de pé atrás com um cara como ele. A Fabi ficou um tempão tentando tirar o Adriano da cabeça, lembra? Não é confiável, estava com ela e com mais duas, foi a maior decepção.

— É mesmo — concordou Mara. — O Adriano é o maior safado. Deu uma tremenda confusão entre a Fabi e as amigas.

— Amigas?! Se uma amiga minha ficar com o cara que tá comigo, não existe amizade. Isso é crime de alta traição — disse Tininha, indignada.

Andreia chegou se desculpando pelo atraso. Brigas com a irmã, a mãe ameaçando colocá-la de castigo. Queixas, queixas e mais queixas. Tininha, Cláudio e Mara ficaram com a impressão de que Andreia se considera a mais infeliz do mundo. Depois de mais uma dúzia de queixas, arrematou:

— É por essas e outras que eu tenho vontade de morrer. Minha vida é uma droga, eu não sirvo para nada, ninguém gosta de mim, ninguém me entende.

A certa altura, Cláudio começou a ficar irritado com tanta lamentação. "Logo eu, que costumo ser tão paciente para ouvir os problemas dos outros", pensou, surpreso consigo mesmo.

— E os amigos, Andreia? — ousou perguntar.

— Ah, estou chegando à conclusão de que são todos falsos, não dá para confiar em ninguém. Ficam falando mal por trás.

Cláudio ficou ofendido. "Irritado, eu estou, mas falso, eu nunca fui. Dei a maior força para a Andreia aparecer na reunião do Viver Melhor; não estou entendendo o porquê de tanta complicação". Lembrou-se de uma vez que o avô lhe tinha dito que a maneira como a gente pensa influi na maneira como a gente age. "É só pensar que tudo vai dar errado que acaba dando tudo errado mesmo! É preciso abrir os olhos para enxergar as coisas boas e dar força à esperança", a voz firme do avô ressoou em sua memória. "Aí está a chave do mistério!", Cláudio continuou pensando. "O olho da Andreia enxerga as coisas ruins e não vê nada de bom. Será que ela só se lembra dos gritos e se esquece do carinho? E o que será que ela faz que deixa a mãe tão irritada?"

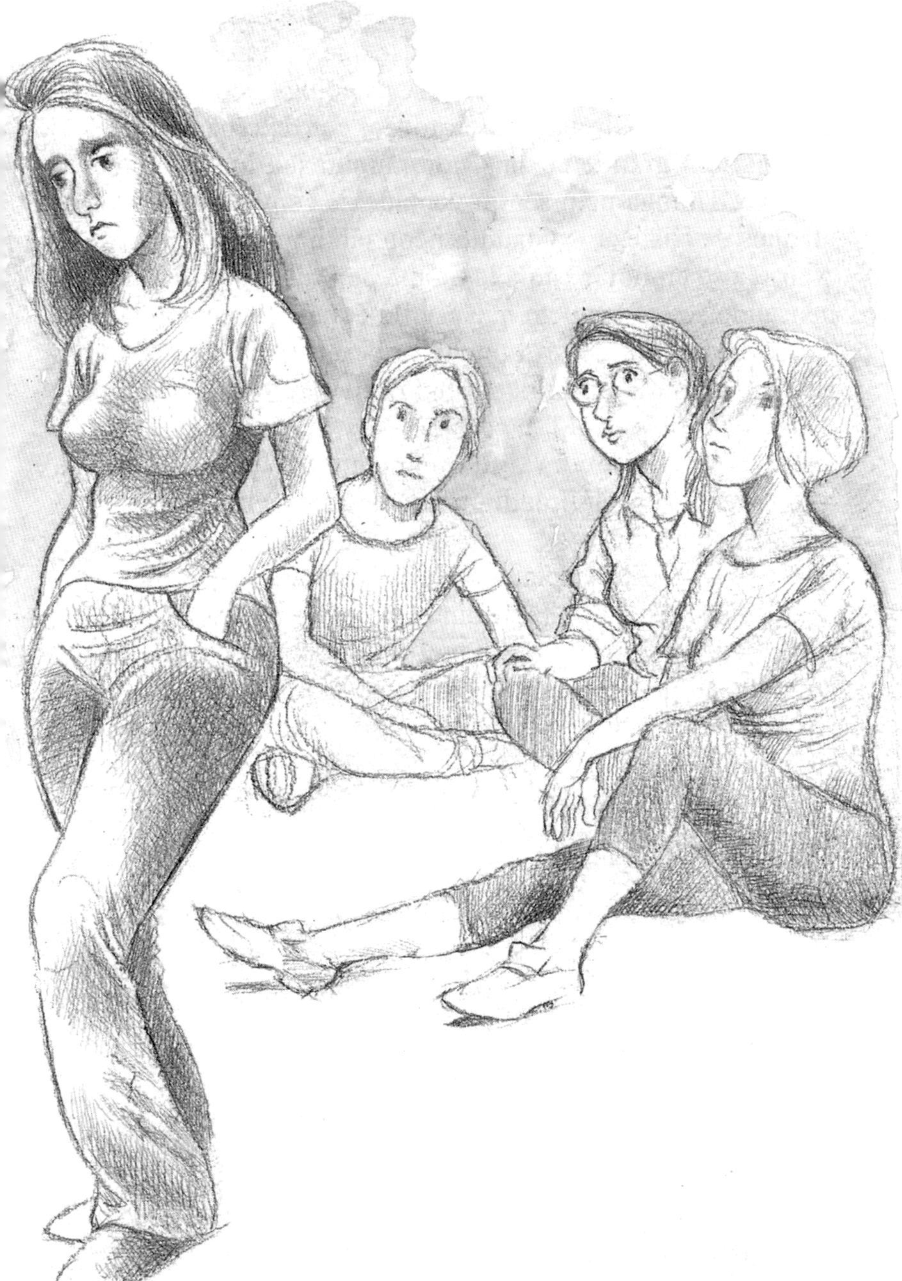

Mas Cláudio não teve coragem de fazer essas perguntas, com medo de que Andreia pensasse que ele também a estaria acusando de fazer tudo errado. A psicóloga deu algumas sugestões, mas Andreia rebateu todas, convencida de que não adiantariam grande coisa. Todo mundo saiu desanimado da reunião. Tininha nem sentiu vontade de conversar sobre seus ataques de tristeza, e Cláudio ficou tão impressionado vendo Andreia se embolar naquele monte de problemas que acabou pensando se ele também não estaria complicando a vida, deixando que a timidez o impedisse de puxar conversa com a Bianca. Ficou tão aflito com tudo isso que resolveu "matar" a aula de inglês para ir à casa do avô.

— Vô, fico com a maior inveja de você, sabia? Eu queria ter a sua facilidade para namorar. Aliás, como vai a dona Eunice?

— Está ótima, Cláudio. A gente tem se visto quase todos os dias. Ainda ontem, fomos ao teatro.

— E eu de olho na Bianca, com a maldita timidez me atrapalhando... Incrível como a gente fabrica problemas, né? Às vezes, fico pensando que tudo isso poderia ser muito mais simples.

— Pois é, Cláudio, os relacionamentos são como ruas de mão dupla: o que a gente faz influencia os outros, o que os outros fazem influenciam a gente. Você fica tão fechado com a Bianca que é provável que ela nem saiba que você gosta dela.

— É isso aí, vô. Você é que está certo. Sempre de bom humor e aproveitando a vida. Tanto amigo meu que acha que velho só reclama, que não serve para mais nada...

— Pois é... Pena que pensem assim. Sabe o que eu acho, Cláudio? Que a gente pode viver bem em qualquer idade. Mas é preciso aprender a varrer o lixo da própria cabeça. A mania de se queixar, os pensamentos de vingança, a mágoa, tudo isso polui mais do que fumaça de cigarro. Depois dizem que velho é ranzinza e rabugento. Veja só, gente jovem também pode ser...

# 12

Três dias depois da reunião do Viver Melhor, teve trabalho em grupo na casa do Cláudio. Seu pai trabalha com informática, e Cláudio já aprendeu a usar os recursos do computador para caprichar na apresentação dos trabalhos.

Mara e Andreia foram as primeiras a chegar. Andreia foi direto para o prato de salgadinhos que a mãe de Cláudio tinha comprado para o lanche:

— Oba, essa é a melhor parte do trabalho!

Logo depois, chegou Tininha. Assim que ela entrou, tocou o telefone. Era João, mais uma vez se desculpando pela ausência:

— Cláudio, vou te explorar mais uma vez, posso? Bem que eu tentei pesquisar alguma coisa sobre o assunto, mas o vôlei ocupa todo meu tempo livre, ainda mais agora, com o campeonato começando daqui a duas semanas. Quebra o meu galho e deixa eu assinar o trabalho, vai?

— Tá bom, João. Amanhã a gente se fala... — respondeu Cláudio, meio contrariado, mas sem coragem de recusar o pedido do amigo.

— João não vai aparecer, para variar... — comentou Mara.

— Melhor assim, vai sobrar mais salgadinho — disse Andreia.

— Não acho justo o João ficar só assinando os trabalhos — acrescentou Tininha. — Mas ele tem um jeito tão simpático de pedir as coisas que fica difícil dizer não.

— Até os professores concordam em arredondar as notas para cima e relevar as faltas. Dá para acreditar? — disse Cláudio.

Na hora do lanche, pausa para conversar e comer os salgadinhos deliciosos. Andreia comeu um atrás do outro e ainda bebeu cinco copos de refrigerante:

— Gente, que delícia! Ainda bem que minha mãe não está por perto, senão já estaria me mandando parar de comer. Imagine se ela ia perder a chance de jogar na minha cara que eu engordei dez quilos em menos de um ano.

— Pô, Andreia, mas se você não se controlar, vai continuar engordando e se chateando com isso — disse Tininha.

— Eu sei, mas não consigo resistir às tentações. Todo mundo vive me dizendo que eu preciso encontrar coisas boas na vida, agora encontrei: comer!

— Só que essa coisa boa está te prejudicando. Até o ano passado, você não era gorda — Cláudio já estava começando a ficar irritado com a ironia de Andreia.

— Tenho plena consciência de que estou horrorosa e de que ninguém vai querer ficar comigo. Esse negócio de comer sem parar começou depois que o Carlos terminou o namoro. Fiquei mal e aí pensei: me cuidar para quê? Ele não me quis mesmo...

— Ele não quis, mas outro pode querer, né, Andreia? — retrucou Mara.

— Sei lá, não estou a fim de ninguém e não tem ninguém a fim de mim. Só queria que minha mãe me deixasse em paz. Ela é magrinha, faz ginástica, vive controlando o peso. Está me torrando a paciência, quer me levar ao médico de regime, diz que o que eu tenho é compulsão, não é fome.

— E você come, mesmo sem fome?

Andreia pegou mais dois salgadinhos e bebeu um gole de refrigerante:

— Basta ter o que eu gosto — falou, ainda de boca cheia. — É difícil parar, vem uma vontade irresistível de comer mais um pouco, mesmo que eu já esteja satisfeita. A mamãe reclama, mas ela também tem compulsão, só que é de comprar roupa. Papai fica furioso com o que ela gasta. Os dois brigam muito por causa disso. O armário está entupido de roupas que ela nem usa, mas não resiste e sai comprando. Não tem moral para falar de mim.

— E seu pai? Ele também fica controlando o que você come?

— Nem tanto, mas os dois andam preocupados demais comigo, desde que o Carlos me deu o fora. É que eu não tenho tido vontade de sair de casa, sei lá, desisti de mim mesma. Só me distraio com comida e televisão.

Tininha criou coragem e falou para Andreia o que o pessoal andava comentando:

— Desculpe a franqueza, Andreia, mas a gente acha estranha a tua reação. Quando o Carlos ainda estava apaixonado, você nem ligava para o pobre coitado; vivia criticando tudo o que ele dizia e fazia, até mesmo na frente dos amigos. Depois que ele se encheu e resolveu se mandar, virou o cara mais importante do mundo, você não consegue viver sem ele. Como é que pode?

Cláudio e Mara prenderam a respiração, esperando a reação de Andreia aos comentários audaciosos de Tininha:

— Como é que pode, gente? É assim: se o Carlos não me quer, eu também não me quero. Só peço a Deus que meus pais parem de se preocupar tanto comigo e me deixem ficar em paz trancada no meu quarto. Não estou nem um pouco a fim de sair.

Mara sentiu uma pontada de inveja:

— Ah, se eu tivesse mãe que insistisse para eu sair... Quer trocar de mãe, Andreia?

— Adoraria dar a minha mãe de presente, pode acreditar! Que adianta me dar liberdade para eu sair, mas ficar me torturando dentro de casa?

— E por que você não aproveita a oportunidade e sai?

— Porque não estou achando graça nenhuma nesses programas.. Perdi a vontade de me divertir, estou achando todo mundo chato.

— Pô, Andreia, obrigado pela parte que me toca... Assim você vai deixar os amigos ofendidos — Cláudio reagiu.

— Desculpe, vocês são muito legais comigo, eu é que estou mal.

"Bem que o vovô diz que é difícil varrer o lixo da própria cabeça", pensou Cláudio, sem ter coragem de fazer o comentário em voz alta.

— Sei lá, Andreia, parece que você nem acredita que existem outros homens no mundo. A vida não acabou só porque o Carlos foi embora — disse Cláudio.

— Só que eu não estou nem aí, só quero saber de ficar em paz no meu quarto. Meus pais é que cismam que não é normal gente jovem gostar de ficar em casa.

— Normal na nossa idade é sair, Andreia. Conhecer gente nova, jogar conversa fora, azarar os gatos... Não estar a fim não significa que você seja "anormal". Mas você precisa reagir, sair desse baixo-astral.

— E por que sua mãe não deixa você sair, Mara?

— Não é que ela não deixe, só que eu tenho de dizer com quem vou, a que horas volto, aquele controle. Diz que é perigoso sair à noite, a cidade está muito violenta. Mas ela sai com as amigas e volta para casa de madrugada. O Bernardo também sai, e ela nem pergunta a que horas ele vai voltar. Então, qual é? A cidade só está violenta para mim? Para os rapazes e para os coroas, tudo bem?

— E quando você está na casa do seu pai?

— Papai é mais liberal. Ele me leva e me pega na hora combinada. Só peço a ele para não parar o carro na porta da discoteca porque fico com vergonha do pessoal ver "o papaizinho" me pegando.

— Gente, o papo está ótimo, mas ainda temos de dar o toque final do trabalho, senão não vou ter tempo de digitar tudo isso até a hora de dormir — cortou Cláudio.

— Tá bom, Cláudio, vamos lá.

# 13

No dia seguinte, quando Cláudio, Tininha e Mara chegaram na escola, encontraram Andreia chorando, com um monte de gente em volta, numa grande agitação. Cláudio logo percebeu que até a Bianca estava lá, os olhos arregalados, a mão na boca, cara de susto. Os três logo correram para perguntar à Andreia o que estava acontecendo:

— Ai, gente, nem dá para acreditar... O João...

— O que houve com ele, Andreia?

— Liguei para a casa dele hoje cedo para ele se lembrar de trazer o livro que eu emprestei... A empregada disse que ele está mal no hospital... Foi um acidente de moto.

— De moto? Como? — perguntou Tininha, espantada.

— Não sei direito. Só sei que o João andava pegando a moto do tio emprestada. Nem sabe dirigir direito. Parece que ultrapassou um carro, veio um ônibus e ele caiu no chão, com a perna embaixo da moto.

— E ele estava com o capacete? — Mara quis saber.

— E o João é de andar com o capacete? Diz que esquenta a cabeça...

— E como ele está, Andreia? Falaram alguma coisa? — Cláudio perguntou.

— Não sei, Cláudio. Na hora em que recebi a notícia me deu um branco total. Eu não estava acreditando...

— Eu vou ligar para a casa dele. Alguém deve ter notícias — disse Cláudio, já saindo da roda.

Na correria, esbarrou em Bianca. Um leve sorriso, tímido... Cláudio, sem graça, ia pedir desculpas, quando Bianca perguntou:

— Você é amigo dele?
Era um começo de conversa.

Não deu para salvar a perna esquerda de João. Foi esmagada pelo peso da moto e teve de ser amputada na altura do joelho. João estava arrasado. "Isso não pode estar acontecendo comigo. E agora? E o vôlei? Não vou nem mais andar direito."

João não queria ver ninguém. Queria sair daquele hospital, voltar no tempo. Queria a perna de volta.

Os amigos ficaram chocados e com muita pena. O sonho de carreira como jogador de vôlei foi desfeito da noite para o dia. Mas ele tinha de reagir. Não podia entregar os pontos assim.

Revezavam-se nas visitas ao hospital, contavam as novidades, tentavam reanimá-lo. Cláudio ficou encarregado de levar a cópia do material das aulas, assim, quem sabe, ele conseguiria acompanhar as matérias, distrair-se um pouco estudando. Não custava tentar.

A família de João estava arrasada, mas não queria que ele percebesse. Fazia de tudo para animá-lo. Com o tempo, os pais providenciariam uma perna mecânica.

— Filho, eu sei que você não terá a mesma agilidade, mas vai conseguir manter a sua independência, vai poder sair, se divertir com os amigos, namorar... — dizia sua mãe.

— Será, mãe? Por enquanto não vejo nada disso. Eu queria poder voltar no tempo, ter a minha perna de volta — argumentava, quase chorando.

O Viver Melhor continuou com as suas reuniões. Andreia e Tânia resolveram participar porque sabiam que o acidente de João seria assunto para muitas conversas. Queriam saber como ajudar, o que fazer, ou mesmo discutir sobre o assunto, clarear as ideias...

— Quando acontece uma coisa dessas, a pessoa gosta de ser ouvida e precisa muito do apoio da família e dos amigos — esclareceu a psicóloga, logo no início da reunião.

— O João está arrasado por ter perdido a metade da perna, mas, ao mesmo tempo, está tentando entender melhor os fatos. Ele está vivo e com a cabeça inteirinha — comentou Cláudio.

— Num país em que uma das principais causas da morte de jovens é acidente de trânsito, o que aconteceu com ele foi ruim, mas não o pior. No Brasil, morre mais gente nas ruas e nas estradas do que em muita guerra que existe por aí — resumiu a psicóloga, que achou importante, naquele momento, o grupo receber esse tipo de informação.

O grupo fez muitos comentários sobre a reviravolta na vida de um jovem saudável e com o corpo perfeito que, de um minuto para outro, pode morrer ou ficar mutilado. Com a preocupação de evitar o tom moralista, mas sem deixar de alertar o pessoal, a psicóloga comentou:

— Muitos jovens sentem a necessidade de serem super-heróis no trânsito, fazendo ultrapassagens arriscadas ou dirigindo com excesso de velocidade. Acreditam que são invulneráveis, que essas coisas só acontecem com os outros.

— O Fernando fica revoltado porque não pode sair com o carro. Quase todos os amigos da idade dele dirigem sem carteira. Mas esse argumento nunca convenceu papai. O Renato cansou de insistir; já se conformou e está esperando fazer dezoito para tirar a carteira e pegar o carro — disse Cláudio.

No final da reunião, o grupo resolveu escrever um cartão carinhoso para o João, com a assinatura de todos. Queriam dar uma força para ele continuar vivendo bem apesar do que aconteceu. O texto ficou assim:

"João, a vida não traz apenas surpresas agradáveis. Porém, mesmo em momentos difíceis, é importante manter a coragem e a confiança de que é possível achar o caminho para Viver Melhor. Conte com a gente!"

Enquanto assinavam o bilhete, perceberam que Tânia estava chorando. Tininha a abraçou com carinho e perguntou o que estava sentindo. Com a voz embargada, Tânia disse:

— Vejam o meu caso, gente. A surpresa "ruim" da vida apareceu logo que eu nasci. Eu sofri muito com o defeito que eu tenho nos pés. Tive de fazer três cirurgias. Nunca consegui correr como as outras crianças e nem fazer aula de Educação Física. Meu grande sonho era ser bailarina... Eu entendo o João: é muito duro ter de construir outros sonhos, porque esse não dá para virar realidade.

— Tânia, na vida de todo mundo há portas abertas e fechadas. Se você passar o resto da vida sofrendo com a frustração de não poder ser bailarina, vai viver mal — Tininha sabia que o que estava dizendo era duro de ouvir, e tratou de segurar a mão da amiga com muito carinho. Continuou: — É incrível como às vezes a gente se prende ao que não pode: fica insistindo, socando a porta fechada até doer a mão!

— O João tem outra cabeça — Tânia reconheceu. — Claro que ele está mal por ter que sair da equipe e não disputar mais os campeonatos, mas eu tenho certeza de que vai se interessar por outra coisa que ele consiga fazer numa boa. Vai demorar, eu sei, mas ele vai conseguir.

— É isso aí! E você também tem de procurar as outras portas que a vida abre...

Mara reforçou o argumento de Tininha:

— Tânia, seus pés andam devagar, mas sua cabeça funciona depressa: tem um monte de gente que morre de inveja porque você não precisa estudar muito para tirar boas notas.

— E eu bem que gostaria de ter um cabelo assim como o seu e esse nariz fininho — disse Andreia. — Até o João comenta que acha o seu cabelo o máximo. Bem que ele esteve a fim de você, hein, Tânia?

— É, mas naquela época eu estava gostando de um menino que não me dava a menor bola... Eu sofria com isso, mas...

Depois do choro-desabafo, o assunto foi ficando mais descontraído, todo mundo falava um pouco:

— É muito ruim gostar de quem não gosta da gente — disse Mara, lembrando-se do Roberto, que nunca mais telefonou.

— Pior ainda é traição. Já deixei de falar com uma amiga por causa disso. Eu também gostei de um menino que não queria nada comigo, aí essa minha amiga acabou ficando com ele numa festa. Quase morri quando me contaram. E a traidora, ainda por cima, nem me disse nada — desabafou Tininha.

— Mas você foi falar com ela?

— Claro, Tânia, queria tirar aquilo a limpo. Aí a cretina confessou. E ainda por cima teve a coragem de me dizer para não ficar tão chateada porque nem sentia nada por ele, aconteceu numa festa, só isso. Fiquei furiosa, soltei o verbo. Ela era falsa e traidora; nunca mais olhei para a cara dela.

— E quando você se apaixonou pelo professor de Educação Física? — lembrou Mara.

— Cara, o homem era demais! Olhos verdes e braços musculosos, com aquele cabelo caindo na testa... — Tininha relembrava.

— Tinha muita menina suspirando por ele na escola — comentou Tânia.

— Eu vivia sonhando com ele, criando mil histórias na minha cabeça. Ele sempre ficou na dele, sem dar bola pra ninguém. Outro dia, o Cláudio o viu abraçado com a namorada, entrando no cinema.

— Era bonita, Cláudio? — quis saber Andreia.

— Médio. Nem bonita, nem feia. Meio gorduchinha.

— Acho incrível ver esses homens lindíssimos com cada mulher feia... — foi o comentário de Tânia.

— Atração é um negócio esquisito mesmo. Os garotos também pensam: o que será que aquele mulherão viu naquele cara? Mas cada um sabe quem escolhe, né?

— Nem sempre, Cláudio — disse a psicóloga. — Às vezes, a gente se apaixona por quem não tem nada a ver mesmo. Só depois que passa é que a gente percebe.

A reunião, que começou com o clima pesado, acabou leve. No final, combinaram de irem todos juntos visitar o João no dia seguinte. Ele ficou muito emocionado quando leu o cartão. Chorou e abraçou os amigos, agradecendo o apoio:

— Gente, não sei nem o que dizer!

Foi um tal de gente chorando, que lá se foi uma caixa inteirinha de lenço de papel...

# 14

Cinema com o grupo, para depois comer *pizza* e tomar sorvete. Programão de sábado! Conseguiram até convencer João a ir de cadeira de rodas, nada de ficar trancado dentro de casa esperando a perna mecânica chegar para depois sair por aí com os amigos. João, depois de relutar muito e vencer a vergonha de sair na rua pela primeira vez depois do acidente, concordou em ir. A turma era grande: João, Cláudio, Tininha, Mara, Tânia, Fernando, Andreia, Pedro e... Bianca. Cláudio, finalmente, tinha conseguido falar sobre seu bloqueio com relação à Bianca numa das reuniões do Viver Melhor. Pensou: se o João está tendo tanta força para superar o obstáculo da perna perdida, como é que eu não consigo encarar a vergonha de falar sobre a minha timidez? O esforço valeu a pena: o grupo deu várias dicas de aproximação e armou o programa do cinema. O combinado era deixar Cláudio se sentar ao lado dela.

Tininha e Mara deram instruções detalhadas sobre como vencer, aos poucos, a timidez. A prima psicóloga indicou um livro com ideias ótimas: a situação temida é como uma escada, com vários degraus. O negócio é ir subindo, um degrau por vez, vencendo pouco a pouco as inibições, até chegar lá no alto e superar o bloqueio. João também quis ler o livro e gostou muito dessa imagem: visualizou uma escada com mais de trezentos degraus, porque, afinal, é um desafio e tanto reformular a vida inteira depois daquele acidente danado. Montaram um esquema para o Cláudio: ele ficou encarregado de telefonar para a Bianca, combinando o cinema e a *pizza* com o grupo.

— Ela aceitou, que alívio! — Cláudio teve até diarreia,

tamanho o nervosismo de ligar para fazer o convite. — Mas, e na hora, como vai ser? E se der de novo o maldito bloqueio? — falava consigo mesmo. Lembrou-se do João. — Não, o João não vai ter diarreia por causa da vergonha de sair de cadeira de rodas, é um desafio muito maior do que o meu, a minha escada tem muito menos de trezentos degraus... Mas, mesmo assim, confidenciou sua angústia para Tininha, que tratou de acalmá-lo rapidinho:

— Relaxa, Cláudio. O negócio é sentar junto, deixar o braço encostar devagarinho e observar a reação. Se ela não afastar o braço, é bom sinal.

— E aí, o que eu faço?

— Aí você comenta alguma coisa do filme, falando baixinho no ouvido dela e tocando de leve a mão. Se ela não recuar, sinal verde, pode continuar avançando: elogia o cabelo, pega uma mecha com a ponta dos dedos, vai passando o braço devagar, "descansando" no ombro dela... O resto é por conta do destino...

No dia Cláudio ficou muito ansioso. Bebeu mais de seis copos d'água até a hora do almoço, a garganta sequinha. Durante a meditação da manhã, foi difícil se concentrar, mas conseguiu reunir forças para vencer a guerra contra o bloqueio. Foi para a casa do João meia hora antes do combinado, para dar uma força ao amigo, os dois guerreiros se preparando para entrar no campo de batalha.

Sentindo-se encorajado pelo grupo, Cláudio conseguiu colocar o plano em prática. Bianca não recuou um milímetro, pelo contrário. Foi se chegando, afundando na cadeira, encostando a cabeça no ombro do Cláudio, que nem conseguia acreditar no que estava acontecendo. "E não é que vale a pena arriscar?", concluiu, feliz da vida.

Cláudio saiu do cinema com um sorriso que ia de orelha a orelha. De mãos dadas com a Bianca, coisa incrível. Nem prestou atenção ao enredo do filme. Que importa? Mergulhou de cabeça em outro filme, fora da tela, em que ele e Bianca eram os protagonistas de uma história romântica.

Na saída do cinema, Tânia encarregou-se de levar João na cadeira de rodas. Ele estava constrangido com os olhares de pena e de curiosidade das pessoas que passavam. Antes, muita gente o olhava com admiração, principalmente quando estava na rede de vôlei, as boas jogadas, o corpo benfeito, bronzeado... Viu Cláudio e Bianca felizes, sentiu uma incômoda mistura de alegria e inveja. Ainda gostava da Tânia, mas a esperança de conquistá-la diminuiu mais ainda. Ela iria aceitá-lo, assim, como estava? "Provavelmente, não", pensou, amargurado. Estava contente por sentir o apoio dos amigos, mas sentia-se esgotado. O esforço da batalha contra a vergonha tinha sido imenso. Não sobrou nem um pouquinho de ânimo para perceber o olhar de ternura de Tânia quando estavam saboreando a *pizza*. João não queria nem pensar na hipótese de ela acabar ficando com ele por pena e não por atração verdadeira.

Depois daquela tarde, o namoro de Cláudio e Bianca engrenou firme. Bianca adora quando Cláudio telefona assim que chega da escola, para dizer que já está com saudades. Gosta mais ainda quando ele aparece na casa dela com uma flor ou um bombom, para fazer surpresa.

— Aí é que eu fui descobrindo que menina gosta de romance, de pequenas gentilezas e de muito carinho — confidenciou à Tininha e à Mara. — É difícil sair esse assunto nas conversas dos meninos, que só querem falar de futebol e de transas. Ninguém fala de ternura, parece que homem só pode sentir tesão...

Algumas semanas depois, Bianca começou a frequentar as reuniões do Viver Melhor. O pessoal andava feliz da vida com os resultados do grupo. No final de uma das reuniões, a psicóloga comentou:

— O mais interessante no trabalho de um grupo como este é que todos acabam aprendendo com as experiências de cada um.

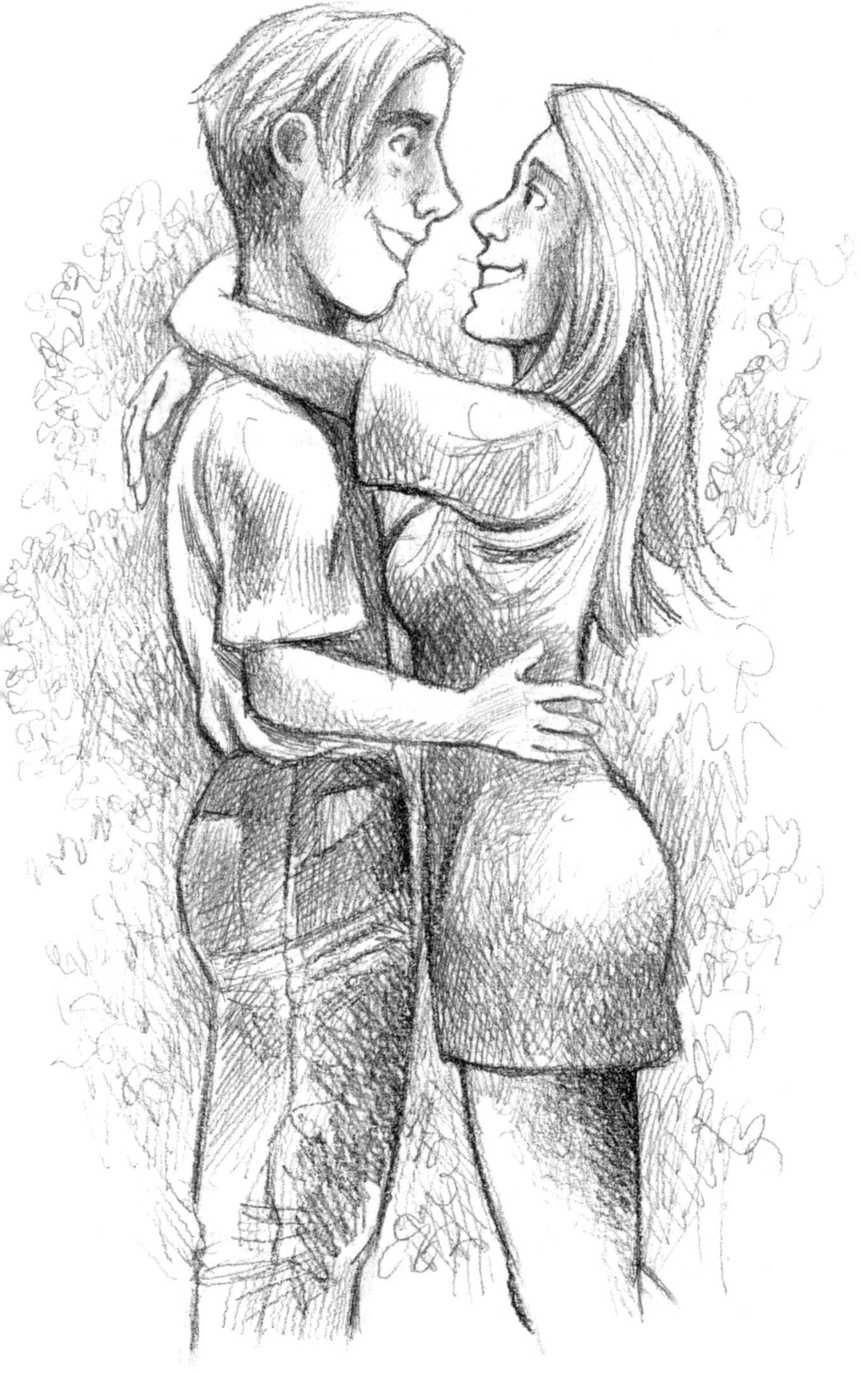

O grupo estava crescendo em sua capacidade de ajuda, principalmente a dedicada a João, que estava tentando se adaptar a sua nova condição. Incentivado por Tânia, ele decidiu começar a frequentar regularmente as reuniões, até para aprofundar a amizade que estava crescendo entre os dois. O Viver Melhor, agora, começa com vinte minutos de meditação, que Cláudio acabou ensinando para todo mundo.

— Impressionante a sensação de paz, bem-estar e tranquilidade que surge com a meditação. Depois, as ideias ficam mais claras e dá para conversar melhor — argumentou Cláudio.

— Meu avô conta que, na China, a maioria das pessoas tem o hábito de meditar ou então de fazer o tai-chi, que é uma espécie de meditação com movimentos suaves. E o pessoal faz isso de manhã cedo em plena rua, nas praças e até nas fábricas, antes de começar a trabalhar. Até as crianças, nas escolas. Aliás, se ensinassem meditação na escola, muita gente nem chegaria perto das drogas. Meditar também dá a maior onda e não faz mal à saúde — finalizou Cláudio, feliz por ver Bianca na reunião, embora os dois estivessem passando por um aperto danado com as restrições aos horários de namoro.

Bianca desabafou:

— Estou louca para fazer dezoito anos e ser dona do meu nariz. Mamãe me inferniza dizendo que eu sou muito nova para namorar firme, que isso vai atrapalhar meus estudos, fica tomando conta do tempo que eu e o Cláudio falamos ao telefone. Mesmo nos fins de semana, quer que às onze horas da noite ele saia lá de casa. Acontece que, quando meus amigos vão para lá, ficam até às duas da manhã e tudo bem. Outro dia, mamãe chegou ao cúmulo de dizer que achava melhor a gente só se ver sábado e domingo, já era suficiente a gente se encontrar na escola. Só que lá na escola é proibido namorar.

— Acho o fim esse negócio de proibir namoro dentro da escola. Qual é o problema? — Mara questionava.

— Gente, já pensou se o pessoal da escola liberar geral?

Vai ser um tal de gente se agarrando até dentro da sala de aula... — exagerou Tininha.

— Taí, seria uma boa maneira de tornar certas aulas mais interessantes... — Mara quis fazer graça.

— Para mim, isso é repressão à liberdade dos jovens. Acho que até cigarro deveria ser liberado, por que não? E a frequência, idem. Querem que a gente seja responsável, e ficam nos vigiando o tempo todo — reclamou Andreia.

— Agora, proibir namoro na escola e restringir o namoro dentro de casa é dose dupla, não dá para aguentar uma dessas — prosseguiu Bianca. — Mamãe é ridícula. Morro de raiva... Depois ela reclama que eu sou grossa, mas vocês não acham o fim ela ficar circulando pela sala toda hora, para "inibir a agarração", como ela mesma diz? Quero morrer quando ela vem com essa conversinha de que está preocupada com as intimidades que eu dou para o Cláudio. Por essas e outras que não conto nem a décima parte do que eu faço.

— Os pais ficam muito assustados com a sexualidade dos filhos, principalmente das meninas. Daí, essas tentativas de controle que tanto irritam vocês — esclareceu a psicóloga.

— Mas será que eles já se esqueceram do que faziam quando tinham a nossa idade? E esquecem também que não adianta nada esse controle todo? Quando a gente quer fazer, faz mesmo, ora! — concluiu Bianca.

As reuniões foram se tornando um ponto de encontro dos amigos. Lá, todos tentavam extravasar suas preocupações, seus problemas. Verbalizavam para entender melhor o que se passava com eles mesmos e com os outros. Havia um sentimento de solidariedade, de confiança.

Bianca passou a confiar tanto no grupo e a se sentir tão à vontade que, numa das reuniões, acabou contando a história do aborto:

— Foi um drama horroroso para mim. Não tive coragem de contar para os meus pais. Imaginem, mamãe, tão preocupada com as minhas "intimidades", teria dois ataques: eu não era mais virgem e estava grávida. Papai, então, com certeza ficaria muito magoado e decepcionado comigo. Eu me preocupo muito mais com a reação dele. A mamãe, eu acho até que ficaria com inveja de mim, sei lá.

— Inveja? Por quê?

— Porque ela passou não sei quantos anos tentando engravidar, mil exames e tratamentos, um sacrifício. E eu engravidando fácil, fácil, sem querer.

— Dificuldade de engravidar... — disse Tininha, pensativa. — Morro de medo de que isso aconteça comigo. Desde que ganhei minha primeira boneca eu brinco de mãe e filha. Meu sonho é ter uma garotinha bem fofinha para ficar apertando as bochechinhas e os bracinhos. Mas eu ficaria desesperada se engravidasse assim, sem querer... Mas, Bianca, quem foi com você no dia do aborto? — Tininha estava curiosa.

— Consegui convencer minha madrinha a me acompanhar e guardar segredo, pelo menos por uns tempos. Passei o fim de semana na casa dela, no maior baixo-astral. Foi uma barra, ela ficou sem saber o que fazer. Eu ainda me sinto muito culpada, isso me marcou demais.

Bianca chorava ao contar para o grupo a história do aborto. Mara estava muito curiosa para saber como o Rafa reagiu a tudo isso e como o namoro terminou, mas não teve coragem de perguntar, porque Bianca já estava muito sentida. Além do mais, não queria deixar Cláudio chateado ouvindo falar em Rafa. Mas não resistiu à tentação de perguntar, assim que Bianca se acalmou um pouco:

— Você chegou a pensar em ter o filho, como fez a Fabi?

— Pensar eu até pensei, mas como? Eu não teria coragem de ter o neném, muito menos de dar para adoção, como algumas meninas fazem; e meus pais jamais concordariam com isso, iriam assumir o bebê, como a família da Fabi fez. Mas isso eu não queria. Sempre sonhei ter um filho, mas meu marido e eu assumindo a responsabilidade total pela criança.

Bianca também contou para o grupo que tem tido medo de não conseguir engravidar nunca mais. São tantos os conflitos e as dúvidas que passam pela sua cabeça que há noites em que custa a pegar no sono, atormentada com essas idéias que aparecem até em sonhos. Mas, pelo menos, tem uma certeza:

— Nunca mais vou marcar bobeira. Ainda não tive coragem de transar de novo. Mas, quando acontecer, juro que vou me prevenir.

# 15

Uma e meia da manhã de sexta-feira, Cláudio já mergulhado no mais profundo dos sonos, e o telefone toca, estridente. Acorda sobressaltado, levanta da cama cambaleando e desperta imediatamente, com a voz chorosa de Tininha:

— Desculpa estar te acordando assim, de madrugada, mas não estou me aguentando. Aconteceu o que eu mais temia...

— O quê, Tininha?

— O jantar com meu pai...

— O que houve? Você me ligou tão feliz para contar que teu pai te convidou para jantar sozinha com ele depois de dois meses de sumiço...

— Mas lembra que eu te disse que quando o milagre é demais, até o santo desconfia? Eu não estava só feliz, também estava preocupada...

— É, eu lembro que você me falou isso, e eu disse para você deixar de ser boba e escolher uma comida bem gostosa...

— Pois é, tinha razão de ficar preocupada, era intuição feminina. Agora, mais do que preocupada, estou apavorada. Sabe da maior? A mulherzinha querida do meu pai está grávida! Ele me convidou para jantar com ele para me contar a "novidade", acredita?

— Sei... E como você está?

— O pior é que estou sozinha em casa, mamãe saiu com uma amiga e ainda não voltou...

— Quer que eu vá até aí para ficar com você até ela chegar?

— Não, Cláudio, não precisa. Desabafar por telefone já está bom. Meu maior medo você já sabe: é papai sumir de vez, ficar de amores com aquela mulher e o neném e esquecer de mim totalmente!

— Tininha, você vai ter um irmão, ou uma irmã! Quem sabe não vai acabar sendo muito legal?

— Cláudio, não estou conseguindo pensar desse jeito. Tenho medo de que papai me abandone! Não dá para competir com esse neném...

— Sei lá, Tininha, quem sabe o neném acaba com a lua de mel dos dois, e já que tem uma criancinha em casa o tempo todo, você não vai "atrapalhar" tanto...

— É... Pode ser... Eu nem tinha pensado nisso. Se for fofinho, vou apertar as bochechinhas e os bracinhos, talvez até me ofereça para ajudar a cuidar...

— Então, Tininha, quem sabe vai ter um final feliz nessa história...

— É, mas estou com muito ciúme, sabia? Esse neném vai ter meu pai em casa todos os dias, e eu, ó, só de vez em quando e olhe lá...

— Você tem razão, isso é muito chato. Mesmo tendo pai e mãe dentro de casa, meus irmãos morreram de ciúmes quando eu nasci. E, para você, deixar de ser filha única depois desse tempo todo não deve ser fácil.

— É... Mas tem jeito? O neném já está feito, daí a uns meses vai nascer, e pronto. Ai, Cláudio, estou morrendo de sono, mas valeu demais falar com você. Ter um amigo assim, para todas as horas, é bom demais. Amanhã a gente se fala, um beijo grande.

— Beijo grande para você também, Tininha, e durma bem.

Na mesma sexta-feira, à noite, o telefone da casa de Tininha toca. Era Cláudio, com a voz quase sumindo:

— Amiga, parece que hoje, além de sexta-feira, é treze

de agosto. Nem no dia oficial do azar acontece tanta coisa ruim ao mesmo tempo...

— O que aconteceu, Cláudio?

— A Bianca... Eu estou na pior, sabia? Não consigo entender o que está acontecendo na cabeça dessa menina...

— O que ela fez, Cláudio? Ainda hoje de manhã você estava com a maior cara de felicidade, comemorando três meses de namoro...

— Pois é, tudo indo tão bem, mas de uns dois dias para cá ela começou a ficar meio esquisita. Nem comentei, porque achei que não era nada sério, só umas briguinhas com a mãe, não tinha nada a ver comigo. Mas tinha...

— Cláudio, ainda não estou entendendo o que aconteceu... a Bianca terminou com você?

— Não exatamente, mas hoje à noite sugeriu que a gente não se encontre mais todos os dias, entendeu? Não sei o que está acontecendo, só sei que estou mal, com aquela sensação de andar no maior carrão por uma estrada linda e, de repente, o carro para e resolve dar marcha a ré...

— A cabeça das pessoas é complicada mesmo, Cláudio. Mas não terá sido pressão demais dos pais dela?

— Até é, Tininha. A mãe enche a paciência todo santo dia; o pai também não está gostando desse negócio de eu aparecer por lá todo dia depois do jantar. Mas o pior de tudo isso foi na hora em que a gente se despediu. Ela me disse para não levar a mal, mas acabou dizendo que está confusa, não sabe bem o que quer, prefere dar um tempo e ficar sozinha. Estou arrasado...

— O que você está pensando, de verdade, Cláudio?

— Sei lá, passa um monte de besteiras pela minha cabeça. Será que ela ainda pensa no Rafa? Será que tentou esquecer, mas não conseguiu? Será que aquele idiota é o grande amor dela?

— Bem, Cláudio, não sei o que dizer, mas imagino como você deve estar sofrendo.

Duas semanas se passaram, e Bianca resolveu dar um tempo até nas reuniões do Viver Melhor. Cláudio estava se sentindo péssimo e desabafou com o grupo:

— Não sei o que faço com tudo que estou sentindo, gente. Não consigo parar de pensar na Bianca; é uma tortura vê-la todos os dias na escola e perceber a distância. É muito ruim essa sensação de "ela não me quer mais".

— Honestamente, Cláudio, não acredito que a Bianca tenha deixado de gostar de você. Deve ser outro problema... — disse Mara.

— Pois é, às vezes também acho. Sabe, Mara, quando percebo que a Bianca está me olhando, acho que ela até tem vontade de chegar perto. No entanto...

— Acho que é medo, Cláudio.

— De quê, Tininha?

— De gostar, ora.

— Mas eu gosto tanto dela, qual é o problema? Será que ela ainda tem dúvidas disso?

— Sei lá, vai ver que é teste de amor. Ela se afasta para ver se você corre atrás ou desiste rapidinho — arriscou Mara.

— Tenho medo de ficar insistindo e ela me achar um chato e querer se livrar de mim de vez.

— Há muitas maneiras de insistir, Cláudio. Se você se fizer de vítima, reclamando ou se queixando, ela vai querer mesmo ver você longe. Mas você pode insistir com charme e conquistá-la outra vez — esclareceu a psicóloga.

— Sou meio desajeitado para essas coisas... Não vou conseguir.

— Que nada! — disse Mara. — Você sempre mandou bilhetinhos carinhosos, flores, balinhas e bombons... As garotas adoram isso!

— Eu sei, mas agora ela disse que quer um tempo — Cláudio estava inquieto.

— Bem, experimente ficar longe uma ou duas semanas. Depois, vai se aproximando de novo, se ela não procurar você.

Quem sabe... E aí? Vamos para a discoteca no sábado? Vou tentar convencer minha mãe a me tirar do castigo — disse Mara, mudando radicalmente de assunto.

— Não estou com a menor vontade. Só quero saber de ficar em casa.

— Esperando o telefone tocar, Cláudio? Não é bom, isso...

Nem Cláudio, nem Bianca, nem Mara foram à balada. No entanto, quem mais se chateou foi Tininha:

— Acho que vocês resolveram rogar praga para a balada ser uma droga, hein? Estava horrível, bem diferente do clima da outra vez. À uma hora da manhã, já estava todo mundo com sono, quase ninguém dançando. Um tédio!

# 16

Três semanas de angústia. No jogo de palavras, o único par que surge na cabeça de Cláudio é amor-desamor. Assim mesmo, quando fica deitado dando asas à imaginação, as cenas românticas de reconciliação fogem rápido e são logo substituídas por cenas em que Bianca diz coisas do tipo: "Cansei de você"; "Mamãe tem razão, sou muito nova para assumir compromisso"; "Quero namorar o Rafa de novo". Nesses momentos, o sofrimento vira dor de estômago ou uma pontada no coração. "E se ela não me quiser nunca mais?", essa frase não parava de bailar na cabeça de Cláudio. Adeus concentração: nem a meditação conseguia afastar esses pensamentos perturbadores. Nas aulas, então... O único alívio era desabafar com Tininha e Mara e pedir sugestões de como agir. Nem nas reuniões do Viver Melhor dava para falar sobre isso, porque o grupo estava concentrando esforços para ajudar o João, que estava nos primeiros passos com a perna mecânica e com a construção de um novo estilo de vida, fora do time de vôlei.

— Tininha, sabe aquela expressão "roer paralelepípedo"? Pois é, agora entendo o que significa; o desespero faz a gente sentir essas vontades estranhas. Está difícil eu me segurar. Depois de semanas me controlando para não falar com a Bianca sobre nosso namoro, criei coragem, perguntei como estava se sentindo e ela me pediu mais uma semana de prazo pra pensar. Isso é tortura...

— É, Cláudio, é dureza essa indecisão da Bianca. Mas não desanime. Eu e a Mara fizemos uma sondagem, ela ainda está confusa, mas admite que gosta muito de você.

— Sério? Não acredito, quero dizer, já é alguma coisa. Ou melhor, muita coisa. Agora é torcer para que a semana passe rápido — reagiu Cláudio, mais animado.

Chegou o dia da conversa, finalmente. Suando frio, o coração saindo pela boca, Cláudio olhou bem nos olhos da Bianca, fazendo carinho nos cabelos e disse que gostava muito dela. Ela ficou com os olhos cheios d'água, acabou chorando:

— Tenho medo de gostar demais de você e depois não dar certo, aí eu vou sofrer demais.

— Mas, Bianca, de que adianta se proteger fugindo? O que importa é que a gente se entende, e tão bem, que tem tudo para dar certo. É como diz o vovô: "Quem não arrisca, não petisca".

— É mesmo, Cláudio. Teu avô é que sabe das coisas — sorriu e deu um beijinho na ponta do nariz do Cláudio.

A viagem do inferno para o céu durou menos de um segundo. A angústia virou euforia, Cláudio abriu de novo aquele sorriso de orelha a orelha, como no primeiro dia em que saiu do cinema de mãos dadas com a Bianca.

A reunião semanal do Viver Melhor começou com boas notícias. Cláudio e Bianca chegaram juntos, abraçados, o pessoal aplaudiu:

— Oba, hoje é dia de comemoração no grupo, pelo que estamos vendo — comentou Mara.

— Gente, tem outra coisa importante para comemorar. Mês que vem nosso grupo vai fazer um ano! — anunciou Cláudio.

— É mesmo! Vamos fazer uma festa de aniversário para o Viver Melhor!

— Grande ideia, Mara! Com bolo, brigadeiro e vela de parabéns.

— E a banda do Pedro tocando com os instrumentos que ele inventou — acrescentou Tânia.

— Claro, ele não pode faltar! Foi um dos grandes trabalhos do grupo; ele até deixou de ser o líder da bagunça... Agora leva a banda para tocar nas festas da escola.

— Acho que a gente poderia fazer uma reunião especial para escrever alguma coisa sobre o progresso das pessoas que frequentaram o grupo, das coisas que a gente aprendeu — sugeriu Tininha.

— Ah, não, já chega ter de escrever redação — protestou João. — Tenho outra ideia: a gente poderia só falar sobre isso hoje, mas sem escrever.

— Mas se a gente fizesse um documento por escrito, poderíamos ler para os nossos convidados, antes de cortar o bolo. Quem sabe outras pessoas poderiam se interessar em formar um grupo semelhante? — insistiu Tininha.

— Não gosto dessa ideia, acho que fica muito formal. O pessoal vai ficar conversando, ninguém vai prestar atenção — argumentou Mara.

— Gente interessada em formar um grupo como o nosso até já tem. É uma amiga minha que mora lá perto de casa — esclareceu Andreia.

— Estou pensando numa coisa: e se a gente, depois da festa, organizar alguns tópicos para ter uma conversa com o diretor da escola? Ainda não perdi a esperança de ver o Viver Melhor incluído no currículo.

— Isso, Tininha. O pessoal vive falando em aulas de educação sexual nas escolas. Sinceramente, acho a ideia do Viver Melhor ainda mais legal. Todos poderiam aprender não só sobre sexo mas também sobre afeto, amor, amizade, o relacionamento com a família. Tanta coisa, né?

— Ouvi dizer que os pais mais conservadores estão horrorizados com essa ideia de ensinar sexo nas escolas. Vai ver estão pensando que é aula de sacanagem! — falou Bianca.

— Ou então que vai despertar a curiosidade das filhinhas mais cedo do que eles gostariam — ironizou Mara.

— Não entendo por que os pais sempre pensam que a gente sabe pouco sobre essas coisas...

— Vai ver que é porque é difícil reconhecer que os filhos crescem, Bianca — concluiu Mara.

— Mas, e aí? Vocês acham que os pais aceitariam melhor um projeto do tipo do Viver Melhor do que educação sexual? — perguntou a psicóloga.

— É bem provável. E os alunos? Será que aceitariam a ideia numa boa ou iriam zonear as reuniões?

— Só experimentando para saber, né? Nas nossas, só vem quem quer. Se tivesse frequência obrigatória, lista de chamada e provas, não ia dar certo — argumentou Cláudio.

— Estou louca para ver a reação do pessoal da escola. Fiquei chateada quando a coordenadora recusou nosso projeto, com aquele monte de desculpas. Mas, pensando bem, neste ano a gente amadureceu bastante. Acho que vamos ter condições de apresentar um projeto mais consistente — disse Tininha.

Acabaram fazendo uma festança no salão do prédio. Combinaram que cada um levaria um prato de doce ou de salgado, suco ou refrigerante. Cada coisa boa que levaram... Sobrou comida, apesar de muita gente ter aparecido: os pais e os moradores do prédio, além dos amigos da escola.

Tininha ficou super emocionada, agradeceu a presença de todos e, em especial, a dedicação da prima do Cláudio na coordenação das reuniões. O discurso terminou mais ou menos assim:

— Neste ano, aprendemos muitas coisas em nossas reuniões. Queremos continuar nos encontrando com o objetivo de entender melhor os outros e a gente mesmo. Esperamos que nossa experiência estimule outras pessoas a formarem outros grupos de conversa para que todos possam... VIVER MELHOR!

Aplauso geral, todo mundo contente. Pedro e a banda agradaram em cheio. Roberto, o irmão do Pedro, ficou com

Mara na festa; ela cheia de esperança de engrenar um namoro, como aconteceu com Cláudio e Bianca. João e Tânia ficaram perto um do outro todo o tempo, mas só como amigos; ele já está andando bem, de jeans e tênis nem dá para perceber que ele usa perna mecânica. Andreia, ainda com dificuldades de controlar o apetite, montou guarda em volta da mesa. Os pais do Cláudio gostaram de ouvir as composições de Fernando com o som da banda do Pedro. O avô foi com dona Eunice: resolveram ficar noivos no dia do aniversário dela, com uma grande festa para as duas famílias e os amigos, convidaram até os pais da Bianca. Apesar de convidada para as festividades do Viver Melhor, a coordenadora da escola não apareceu.

Na semana seguinte, Cláudio, Tininha e Mara apresentaram o projeto detalhado do funcionamento do Viver Melhor e os resultados do primeiro ano de trabalho. O pessoal da diretoria ficou impressionado. Os três vibraram:

— Como os adultos têm dificuldade para acreditar que a gente pode fazer coisas geniais por iniciativa própria! — comentou Cláudio, reservadamente. — Vovô tem razão: só com paciência e persistência a gente vence os obstáculos.

Mas o grupo vai precisar ter muito mais paciência e persistência. Embora a impressão causada tivesse sido excelente, nada de concreto foi resolvido a respeito da inclusão do Viver Melhor no currículo do ano seguinte. Mas o grupo não desistiu: continua se reunindo no salão de festas do prédio. O sonho não foi desfeito: quem sabe, um dia...

Maria Tereza Maldonado é carioca e mora no Rio de Janeiro. Tem dois filhos: Mariana e Cristiano. É psicóloga especializada em psicoterapia de famílias e membro da *American Academy of Family Therapy* e da *World Association of Infant Mental Health*.

Tem diversos artigos publicados em revistas científicas e vários livros, a maioria sobre relacionamento familiar e desenvolvimento pessoal.

*Viver Melhor* é seu primeiro livro de ficção para jovens, e é a própria autora quem relata como foi esse processo: "Comecei a escrever quando criança, para o jornal da escola. Quando fiz o mestrado, escolhi como tema da dissertação a psicologia da gravidez, que acabou sendo o título de meu primeiro livro. Como sempre me interessei por entender as pessoas mais a fundo, nas diferentes etapas da vida, continuei escrevendo sobre crianças, adolescentes e pessoas adultas, em seus diferentes momentos da vida em família, enfrentando os desafios do crescimento e abrindo novos caminhos de mudanças necessárias para viver melhor.

Para mim, aprender coisas novas é uma das grandes alegrias da vida. Entrar na área da literatura está sendo uma experiência fascinante, a aprendizagem de uma maneira diferente de escrever. Para chegar ao texto final de *Viver Melhor*, foi preciso muita persistência para modificar as primeiras versões, escutando críticas e sugestões valiosas da equipe editorial. Foram mais de dois anos de trabalho em que aprendi muito, e gostei tanto de abrir este novo caminho que pretendo continuar a fazer outros livros de ficção. Espero que vocês tenham gostado de ler *Viver Melhor* tanto quanto eu gostei de escrevê-lo!"

Seu *site* é: www.mtmaldonado.com.br. Visite também o canal de vídeos da autora: www.youtube.com/user/Terezamaldonado

# COLEÇÃO JABUTI

4 Ases & 1 Curinga
Adeus, escola ▼◆🗐☒
Adivinhador, O
Amazônia
Anjos do mar
Aprendendo a viver ◆⌘■
Aqui dentro há um longe imenso
Artista na ponte num dia de chuva e neblina, O ✻★⌘
Aventura na França
Awankana ✎☆⌗
Baleias não dizem adeus ✻📖⌗○
Bilhetinhos ✪
Blog da Marina, O ⌗✎
Boa de garfo e outros contos ◆✎⌘⌗
Bonequeiro de sucata, O
Borboletas na chuva
Botão grená, O ▼✎
Braçoabraço ▼♅
Caderno de segredos ❏◎✎📖⌗○
Carrego no peito
Carta do pirata francês, A ✎
Casa de Hans Kunst, A
Cavaleiro das palavras, O ★
Cérbero, o navio do inferno 📖☒⌗
Charadas para qualquer Sherlock
Chico, Edu e o nono ano
Clube dos Leitores de Histórias Tristes ✎
Com o coração do outro lado do mundo ■
Conquista da vida, A
Contos caipiras
Da costa do ouro ▲⌗○
Da matéria dos sonhos ❏📖⌗
De Paris, com amor ❏◎★📖⌘☒⌗
De sonhar também se vive...
Debaixo da ingazeira da praça
Delicadezas do espanto ✪
Desafio nas missões
Desafios do rebelde, Os
Desprezados F. C.
Deusa da minha rua, A 📖⌗○
Devezenquandário de Leila Rosa Canguçu →
Dúvidas, segredos e descobertas
É tudo mentira
Enigma dos chimpanzés, O
Enquanto meu amor não vem ●✎
Escandaloso teatro das virtudes, O →
Espelho maldito ▼✎⌘

Estava nascendo o dia em que conheceriam o mar
Estranho doutor Pimenta, O
Face oculta, A
Fantasmas ⌗
Fantasmas da rua do Canto, Os ✎
Firme como boia ▼⌗○
Florestania ✎
Furo de reportagem ❏✪◎📖♅⌗
Futuro feito à mão
Goleiro Leleta, O ▲
Guerra das sabidas contra os atletas vagais, A ✎
Hipergame ᵔ📖⌗
História de Lalo, A ⌘
Histórias do mundo que se foi ▲✎✪
Homem que não teimava, O ◎❏✪♅○
Ilhados
Ingênuo? Nem tanto...
Jeitão da turma, O ✎○
Lelé da Cuca, detetive especial ☒✪
Lia e o sétimo ano ✎■
Liberdade virtual
Lobo, lobão, lobisomem
Luana Carranca
Machado e Juca †▼●☞☒⌗
Mágica para cegos
Mariana e o lobo Mall 📖⌗
Márika e o oitavo ano ■
Marília, mar e ilha 🗐☜
Mataram nosso zagueiro
Matéria de delicadeza ✎☞⌗
Melhores dias virão
Memórias mal-assombradas de um fantasma canhoto
Menino e o mar, O ✎
Miguel e o sexto ano ✎
Minha querida filhinha
Miopia e outros contos insólitos
Mistério de Ícaro, O ✪♅
Mistério mora ao lado, O ▼✪
Mochila, A
Motorista que contava assustadoras histórias de amor, O ▼● 🗐⌗
Muito além da imaginação
Na mesma sintonia ⌗■
Na trilha do mamute ■✎☞⌗
Não se esqueçam da rosa ♠⌗
Nos passos da dança
Oh, Coração!

Passado nas mãos de Sandra, O ▼◎⌗○
Perseguição
Porta a porta ■🗐❏◎✎⌘⌗
Porta do meu coração, A ◆♅
Primavera pop! ✪📖♅
Primeiro amor
Que tal passar um ano num país estrangeiro?
Quero ser belo ☒
Redes solidárias ◎▲❏✎♅⌗
Reportagem mortal
Riso da morte, O
romeu@julieta.com.br ❏🗐⌘⌗
Rua 46 †❏◎⌘⌗
Sabor de vitória 🗐⌗○
Saci à solta
Sardenta ☞📖☒⌗
Savanas
Segredo de Estado ■☞
Sendo o que se é
Sete casos do detetive Xulé ■
Só entre nós – Abelardo e Heloísa 🗐
Só não venha de calça branca
Sofia e outros contos ☺
Sol é testemunha, O
Sorveteria, A
Surpresas da vida
Táli ☺
Tanto faz
Tenemit, a flor de lótus
Tigre na caverna, O
Triângulo de fogo
Última flor de abril, A
Um anarquista no sótão
Um balão caindo perto de nós
Um dia de matar! ●
Um e-mail em vermelho
Um sopro de esperança
Um trem para outro (?) mundo ✖
Uma janela para o crime
Uma trama perfeita
Vampíria
Vera Lúcia, verdade e luz ❏◆◎⌗
Vida no escuro, A
Viva a poesia viva ●❏◎✎📖⌗○
Viver melhor ❏◎⌗
Vô, cadê você?
Yakima, o menino-onça ♦ᵔ○
Zero a zero

---

- ★ Prêmio Altamente Recomendável da FNLIJ
- ☆ Prêmio Jabuti
- ✻ Prêmio "João-de-Barro" (MG)
- ▲ Prêmio Adolfo Aizen - UBE
- ☜ Premiado na Bienal Nestlé de Literatura Brasileira
- ☞ Premiado na França e na Espanha
- ☺ Finalista do Prêmio Jabuti
- ♦ Recomendado pela FNLIJ
- ✖ Fundo Municipal de Educação - Petrópolis/RJ
- ✪ Fundação Luís Eduardo Magalhães
- ● CONAE-SP
- ⌗ Salão Capixaba-ES
- ▼ Secretaria Municipal de Educação (RJ)
- ■ Departamento de Bibliotecas Infantojuvenis da Secretaria Municipal da Cultura/SP
- ◆ Programa Uma Biblioteca em cada Município
- ❏ Programa Cantinho de Leitura (GO)
- ♠ Secretaria de Educação de MG/EJA - Ensino Fundamental
- ☞ Acervo Básico da FNLIJ
- → Selecionado pela FNLIJ para a Feira de Bolonha
- ✎ Programa Nacional do Livro Didático
- 📖 Programa Bibliotecas Escolares (MG)
- ᵔ Programa Nacional de Salas de Leitura
- 🗐 Programa Cantinho de Leitura (MG)
- ◎ Programa de Bibliotecas das Escolas duais (GO)
- † Programa Biblioteca do Ensino Médio
- ⌘ Secretaria Municipal de Educação/SP
- ☒ Programa "Fome de Saber", da Faap
- ♅ Secretaria de Educação e Cultura da Ba
- ☒ Prefeitura de Santana do Parnaíba (SP
- ○ Secretaria de Educação e Cultura de Vit